KB048884

오늘도 괜찮지 않은 당신을 위한

반딧불 의원

오승원 지음

생각의힘

일러두기

1. 반딧불 의원을 비롯한 등장인물은 저자의 진료 경험을 바탕으로 꾸며낸 이야기입니다.

2. 논픽션, 장편소설 등의 단행본은 『 』로, 단편소설은 「 」로 표기했습니다. 학회지를 비롯한 정기간행물은 《 》로, 영화와 음악, 방송 프로그램, 칼럼, 논문 등은 〈 〉로 표기했습니다.

과로사회

피로는 간 때문이 아니에요

김형철 부장이 무언가 문제가 생겼다고 느낀 건 삼 개월 전 어느 아침이었다. 예전보다 몸이 무겁다는 느낌이 든 지는 오래 되었지만 올 들어 늘어난 업무가 원인이겠거니 하고 대수롭지 않게 생각하던 터였다. 그 전날도 여느 때와 다름없었다. 오후에는 사무실에서 밀린 서류와 보고 사항을 확인했고 저녁에는 부서 회식이 있었다. 중견 기업에 속하는 K건설 부장 직함을 단 지 올해로 칠 년째. 마흔다섯에 부장이 되었으니 특별한 일은 아니었다. 이 업계에서는 부장을 달고 오 년쯤 지나면 임원 승진 여부가 결정되는 것이 보통이다. 승진이 안 되면 자연스레 퇴사 수순을 밟는다. 함께 입사한 동기들 중 아직 회사에 남아 있으면서도 부장 직급인 사람은 그뿐이었다.

영업부를 책임지는 김 부장은 자기 일에 자긍심을 갖고 있었다. 잘 팔면 회사가 살고 못 팔면 회사가 망한다. 영업부는 회사의 핵심 부서이자 전투의 최전선에서 적진을 휘젓는 돌격대 같은 존재였다. 재개발, 재건축 사업이 호황일 때는 그야말로 잘나가던 시절이있다. 김 부상 님에서 굵직한 재개발 사업을 따낸 일도 여러 차례 있었다. 야근이 일상이었지만 그때만큼 보람과 성취감을 느끼며 일했던 때가 없었다.

십 년 전 미국발 금융위기로 부동산 경기가 하락하면서 상황이 달라졌다. 미분양 아파트가 쏟아지고 재개발과 재건축 위주 정책에 비판의 목소리가 높아지던 시기였다. 이런 흐름을 읽고 일찍부터 분양 실적이 부진한 주택 대신 공공시설이나 토목 등으로 영업 포인트를 바꾼 건설사는 위기에서 벗어날 수 있었다. 마침 시작된 '4대 강' 관련 사업에 참여한 건설사들의 실적이 크게 오르기도 했다. 하지만 그의 회사는 발 빠른 대처를 하지 못했고 그 대가는 컸다. 최근 십 년간 K건설의 매출은 내리막길이었다. 앞으로도 그러한 추세를 반등시킬 가능성은 낮았다. 몇몇 선배와 동료들은 등 떠밀리듯 퇴사를 선택해야 했다. 김 부장으로선 회사에 남아 일을 하는 것만으로도 감사할 따름이었고 그만큼 관리자로서의 능력을 보여야 했다. 그에게 '저녁이 있는 삶'이라는 구호는 사치스러운 소리였다.

그날 아침, 잠에서 깼을 때 김형철 부장의 팔다리는 물을 잔뜩 먹은 빨랫감처럼 무거웠다. 눈꺼풀을 들어올리는 것만 해도 무진 애를 써야 했다. 입맛이 없어서 아침도 거르고 집을 나섰다. 회사에 도착해 모니터를 한 시간쯤 들여다보고 있으니 머리가 멍해져 화면 안의 숫자가 들어오질 않았다. 양 어깨에 돌덩어리가 하나씩 올려진 것 같았다. 외부 업무를 핑계로 근처 사우나에서 땀을 빼고 수면실에서 잠을 자고 나니 조금 나아지는 것 같았지만 그날은 결국 일찍 퇴근할 수밖에 없었다. 문제는 다음 날도, 또 그다음 날도 비슷한 상황이 반복되었다는 것이다.

아내는 한의원에 가보라고 했다. 한의사는 맥을 짚어보고는 기가 허해서 그런 것이니 기를 보충하는 한약을 꾸준히 먹으면 나아질 거라고 했다. 하지만 한 달에 수십만 원씩 들어가는 한약을 내리 먹어도 피곤은 가시지 않았다. 비타민제와 피로에 좋다는 헛개 추출물도 도움이 안 되는 건 마찬가지였다. 운동이라도 해야겠다고 생각한 건 그때부터였다. 대학 때는 축구부 활동도 했던 몸이었다. 접대와 회식이 많았지만 삼십 대까지는 수영과 등산을 꾸준히 해서 누구 못지않게 건강관리를 잘해왔다고 자부했다. 하지만 주말에 접대 골프를 하는 것 외에 운동을 안 한 게 오 년이 넘었으니 문제가 생길 때도 되지 않았을까.

점심 식사를 하러 나갈 때마다 홍보 전단지를 나눠주는 트레이너들을 무심코 지나치곤 했지만 이제는 아니었다. 그들의 구릿빛 팔뚝은 근육이 곧 튀어나올 듯 했고 목소리에는 활기가 넘쳤다. 전단지 몇 장을 꼼꼼하게 비교해보고 가격이 가장 저렴한 곳을 골랐다. 내친김에 개인 트레이닝도 신청했다. 그렇게 운동을 시작한 게 두 주 전이었다. 트레이너는 요즘 유행하는 인터벌 트레이닝을 추천했다. 운동을 하면서 김 부장은 생각보다 훨씬 저질인 자신의 체력에 놀랐다. 군대에서 경험한 유격 훈련 이후로 운동을 하며 토할 것 같은 기분을 느낀 것은 처음이었다. 준비한 프로그램의 횟수를 절반도 채우지 못하고 무더위에 늘어진 개처럼 헉헉대는 그를 보며 트레이너는 끌끌 혀를 찼다. 그때마다 김 부장은 민망함을 느꼈다.

'이 시간에 말짱한 정신으로 집에 가고 있다니, 이런 날도 다 있네.'

밤 아홉 시였다. 지난 해 퇴사한 입사 동기 두 명과 오랜만에 만나 저녁을 먹고 집으로 돌아가는 길이었다. 반가움을 나눈 것도 잠시, 대화는 팍팍한 생활에 대한 푸념 경연대회가 되어갔다. 퇴사 후 한 명은 고깃집을, 한 명은 편의점을 운영하고 있었다. 업종은 달랐지만 처지는 판에 박은 듯 비슷했다. 둘 다 퇴직금과 대출을 합해 가게를 열었고 최근에는 수익이 줄어 대출금을 갚기에도 빠듯한 처지였다. 그나마 월급쟁이인 김 부장의 처지가 제일 나았다.

오랜만에 만났음에도 일찍 자리를 파한 것은 두 사람과 비슷한 시기에 퇴직한 선배의 부고 소식 때문이었다. 폐암이 간에 전이되었다고 했다. 아래 직원들의 신망이 두터웠고 언제나 파이팅이 넘쳤던 그였다. 덜컥 겁이 났다. 당장 내일부터 담배를 끊어야겠다고 다짐했다. 술맛이 달아나면서 잠시 물러서 있던 피로가 한꺼번에 몰려왔다.

버스에서 깜빡 잠이 들었다가 눈을 떴을 때는 이미 두 정거장을 지나친 뒤였다. 김 부장은 눈을 비비며 황급히 버스에서 내렸다. 밤바람이 서늘했다. 택시를 타고 들어갈까 생각했지만 잠깐이나마 눈을 붙여서인지 조금은 개운해진 느낌이어서 바람도 쐴 겸 걷기로 했다. 집에서 그리 멀지 않은 동네이지만 익숙한 곳은 아니었다. 버스 정류장에는 피로가 간 때문이라는 간장약 광고가 덩그러니 빛을 내고 있었다. 문득 올려다본 건물 삼 층에 유독 환한 불빛이 비치는 창이 눈에 들어왔다.

— 반딧불 의원
— 진료 시간: 오후 5시 – 오전 1시
— 토요일은 쉽니다.

진료 시간을 잘못 본 것 아닌가 싶었는데 그게 아니었다. 어쩌면 낮에 병원 가기 힘든 사람들에게 인기가 있을 테니 괜찮은 영업 방식인지도 몰랐다. 야간에 진료를 받으면 진료비를 더 내야 한다는 기사를 본 것 같기도 했다. 문득 그가 올라가보기로 마음먹은 것은 최근 느끼는 몸의 이상보다도 오늘 들었던 선배의 부고 때문이었는지 모른다. 이 시간에 여는 곳이라면 앞으로도 이용할 수 있을 것 같았다.

건물 삼 층에 올라가자 보습 학원 몇 개와 건축사 사무소, 기원이 눈에 띄었다. 병원은 어두침침한 복도 끝에 위치하고 있었다. 유리문 바깥에는 "반딧불 의원"이라고 쓰여 있었는데, 그뿐이었다. 흔히 있는 원장의 약력이나 입간판 같은 것도 없었다. 밤늦은 시간인데도 대기실에는 차례를 기다리는 환자들이 있었다. 마스크를 쓴 채 아기를 안고 있는 엄마와 연신 기침을 하는 초등학교 3학년쯤의 남자 아이가 한 묶음이었고(엄마

와 아이 중 누가 환자인지 알기 어려웠다), 칠순은 넘었음직한 백발의 노신사가 다른 하나였다. 엄마와 아이가 진료실에 들어가 있는 동안 또 다른 환자가 들어왔다. 붐비지는 않았지만 환자가 적은 병원도 아닌 것 같았다. 곧 그의 차례가 되었다.

진료실 내부는 단출했다. 책상을 사이에 두고 마주한 의자, 진찰용 침대와 책장이 집기의 전부였다. 한쪽 벽면 절반을 덮은 책장은 책으로 가득했고 구석에는 사람 크기의 인형이 놓여 있었다. 처음에는 진료실에 웬 마네킹인가 생각했는데 해부 학습용 모형이었다. 사파리 재킷을 걸친 걸 보니 옷걸이 대용으로 쓰는 모양이었다.

환자용 의자에 앉으면서 김 부장은 습관처럼 의사의 인상을 살폈다. 그는 직업상 상대방을 관찰할 일이 많았고 나이와 성격, 취향 등을 빠르게 파악할 수 있었다. 성공적인 영업을 위해서는 고객이 말하기 전에 원하는 것을 짐작해야 한다. 그런 통찰력은 협상을 성공적으로 이끌기 위한 핵심적인 능력이다. 하지만 지금 앞에 앉은 의사의 경우 일단 나이부터 가늠하기 어려웠다. 얼굴을 봐서는 사십 대 초반쯤으로 보였지만 반백에 가까운 머리카락을 보면 자신과 비슷한 또래인 것 같기도 했다. 헝클어진 머리에 다림질을 안 한 게 분명한 회색 셔츠와 낡은 가운을 입은 의사는 김 부장만큼 피곤해 보였다. 왠지 모를 안도감이 들었다.

"어디가 불편해서 오셨나요?"

"글쎄요. 딱히 어디가 문제인지 모르겠는데….."

의사는 김 부장이 다음 말을 할 때까지 기다려주었다. 전문의 이수현. 명패에 박힌 의사의 이름이었다.

"이전보다 피곤이 심해졌는데 몸에 뭔가 병이 생긴 게 아닌가 걱정이 되어서요. 간 기능이 나빠졌다거나….."

"이런 젠장. 저 앞에 광고판을 없애던가 해야지."

순간 김 부장은 귀를 의심했다. "뭐라고 하셨나요?"

"아, 아니에요. 환자분께 한 말이 아닙니다. 광고 때문에 괜한 걱정을 하는 사람들이 많아서요. 그런데 언제부터 그러셨나요?"

"한 서너 달쯤? 예전엔 며칠 쉬면 나아졌는데 이번엔 그렇지가 않아요."

김 부장이 그간의 증상에 대해 설명하는 동안 의사는 주의 깊게 그의 말을 들으며, 중간중간 모니터에 기록을 했다. 거친 말을 뱉긴 했지만 불쾌감을 준 건 아니었다. 특이한 것은 김 부장의 말이 길어질 때면 컴퓨터를 사용하지 않을 때도 손가락으로 자판을 치듯 가볍게 책상을 두드리는 그의 행동이었다. 김 부장이 손가락을 빤히 쳐다보는 것을 느낀 의사가 멋쩍은 듯 미소를 지으며 말했다.

"버릇이어서요. 이렇게 해야 환자 이야기를 잘 기억할 수 있거든요."

의사는 잠은 잘 자는지, 피로 외에 다른 증상은 없는지 등을 물은 뒤 몇 가지 혈액검사를 하고 일주일 뒤에 다시 보자고 했다. 김 부장이 진료실을 나오려 할 때 의사가 한마디 덧붙였다.

"당분간 운동은 중단하세요. 지금은 쉬는 게 우선입니다."

논산 훈련소 조교 같은 트레이너 얼굴을 당분간 안 봐도 된다니, 김 부장은 속으로 쾌재를 부르며 병원을 나섰다. "간을 풀어줘야 피로가 풀리죠!" 버스 정류장의 간장약 광고판 속 모델이 광고 문구 옆에서 해맑게 웃고 있었다.

일주일 뒤 확인한 혈액검사 결과는 간 기능을 포함해 모두 정상이었다.

"그럼 왜 이렇게 피곤한 걸까요? 다른 검사를 더 해야 합니까?"

약간은 짜증 섞인 김 부장의 질문에 답하는 대신 의사는 책상 위에 있던 컵을 김 부장 앞으로 옮겼다.

"이 컵에서 물이 넘쳐 책상 위로 흘렀다고 생각해보세요. 물이 왜 흘러나왔을까요?"

예상치 못한 엉뚱한 질문에 김 부장은 당황스러웠다. 한가롭게 선문답이라도 해야 하는 건가.

"컵에 금이 가거나 구멍이 나서 물이 흘러나오는 경우는 많지 않습니다. 환자 분들이 걱정하는 것은 대부분 이런 문제인데, 그러니까 몸에 고장이 나는 거죠. 이건 병원에서 어렵지 않게 확인할 수 있어요. 김형철 씨의 몸 상태도 확인을 했구요. 더 흔한 건 컵에 물을 너무 많이 부어서 넘치는 경우일 거예요. 피로라는 증상으로 본다면 과로를 했거나 스트레스가 지나치게 많은 상태라 할 수 있습니다. 그렇다면 해결책은 일을 줄이는 것이겠죠."

김 부장은 고개를 주억거렸다. 이제 의사가 하는 말의 의미를 조금은 알 것 같았다. 선생님의 타이름을 고분고분 듣는 학생이 된 기분이었다.

"나는 평소대로 물을 부었는데 알고 보니 컵의 크기가 이전보다 작아져서 물이 넘쳤을 수도 있습니다. 체력이 떨어진 거죠. 누구나 나이가 들면서 컵의 크기는 줄어들기 마련입니다. 하지만 반대로 직책이 높아지고 아이들이 커가면서 직장과 가정에서 요구하는 것은 더 많아지잖아요. 결국 물이 넘치는 시기가 찾아오게 됩니다."

내 컵의 크기는 얼마나 줄어든 걸까. 김 부장은 생각했다.

"적당한 양만 남기고 덜어내고 싶지만 현실적으로 쉽지 않죠. 환경을 바꾸기 어렵다면 결국 나 스스로를 바꿔야 하는데, 이건 시간이 오래 걸립니다. 쉬운 방법이 있나 싶어 보약이나 간장약, 영양제를 먹기도 하지만 일시적인 방법일 뿐이에요. 오래 걸리지만 컵의 크기를 키우는 게 근본적인 방법이겠지요. 직장 생활을 하면서 어려움이 있겠지만 우선 술자리를 줄이세요. 운동은 가벼운 것부터 천천히 시작하는 게 좋습니다. 다음에 들르시면 그땐 운동을 어떻게 할지도 상의해보지요."

그간 먹었던 한약과 잔뜩 사두었던 비타민제들이 떠올라 속이 쓰렸다. 아직 집에 남은 것들도 많을 텐데. 그나저나 앞으로 부서 회식은 없애야 할 것 같다. 직원들은 오히려 좋아할지도 모르지.

"담배 끊기 어려우면 말씀하세요. 끊을 수 있도록 도와드리겠습니다."

담배를 끊겠다고 결심했던 걸 어떻게 알았을까. 일주일 전 당장 끊어야겠다고 생각했지만 차일피일 미루고 있던 터였다. 속마음을 들킨 것 같아 순간 얼굴이 달아올랐다. 다음 진료 약속을 하지 않았지만 진료실을 나가면서 조만간 다시 오게 될 거란 예감이 들었다.

피로는 병원을 찾는 환자들이 가장 흔히 호소하는 증상 중 하나다. 하지만 지극히 주관적인 증상이고 다양한 질환에서 공통적으로 나타나기 때문에 정확한 원인을 찾고 해결하기가 쉽지 않다. 직장인 1만 176명을 대상으로 한 국내 연구 결과*에 따르면 42.3퍼센트가 최근 평소보다 피로를 더 느낀다고 대답했으며, 10명 중 1명이 육 개월 이상 만성 피로를 느끼고 있었다. 같은 연구에서 피로의 원인 중 신체적 질환은 3.7퍼센트에 불과했다. 피로 환자는 대개 신체적 문제를 걱정해 병원을 찾지만 이 연구에서 볼 수 있듯이 실제로 신체적 질환이 원인이 되는 경우는 많지 않다.

보통 육 개월 이상 피로감이 지속되는 경우를 '만성 피로'라고 정의한다. 그런데 만성 피로와 함께 인후통, 림프절 압통, 근육통, 다발성 관절통 등의 증상도 있다면 '만성 피로 증후군'이라는 질환을 의심할 수 있다. 하지만 실제로는 피로를 유발하는 다른 원인이 있는 경우가 대부분이므로 이에 대한 확인이 우선이다. 신체 진찰과 갑상선, 간, 신장 질환, 빈혈 등에 대한 기본적인 검사에서 문제가 없다면 환경의 변화

• 장세진 외, 2005, 〈우리나라 직장인 피로의 역학적 특성〉, 《예방의학회지》, 38권 1호.

나 생활 습관을 확인해보아야 한다. 최근 신체적, 정신적 스트레스를 느낄 만한 일은 없는지, 과로를 하지는 않았는지, 수면 패턴에 변화는 없었는지 등을 점검해야 하는 것이다. 늘 똑같이 과로와 수면 부족에 시달렸는데 이제야 증상이 생겼다면 지금까지 근근이 적응해왔던 몸이 증상을 나타낼 만큼 약해졌다는 신호라고도 볼 수 있다.

휴식을 취하는 것은 필수다. 보통 잠을 푹 자거나 빈둥거리는 것을 떠올리는데, 이러한 소극적 휴식 외에 산책, 가벼운 운동, 공연 관람 등 즐거운 일을 하는 적극적 휴식도 병행하는 것이 좋다. 만성 피로가 심한 경우에 처음부터 격한 운동을 하는 것은 오히려 증상을 악화시킬 수 있으며, 유연성 운동만 하는 것보다 유산소운동을 병행하는 것이 좋다.

운동은 하루 10~15분 정도로 시작해 상태에 따라 매주 시간을 늘려 최대 30분이 될 때까지 운동량을 늘리는 것을 목표로 하는 것이 좋다. 초기에는 가벼운 운동으로 시작해 점차 강도를 높이고, 피로가 더 심해지면 피로 증상이 줄어들 때까지 그 이전 단계로 돌아간다. 이렇게 최소 삼 개월 이상 운동을 지속해야 한다.

앞서 언급한 직장인 대상 연구에서 피로의 원인으로는 심리적 요인과 업무 과다가 70퍼센트를 차지했다. 원인을 줄이는 것이 가장 중요하지만 막상 과로와 스트레스를 줄이는 것은 쉽지 않다. 피로라는 증상을 바라볼 때 사회적 접근이 필요한 이유다. 철학자 한병철은 그의 책 『피로사회』에서 시대마다 그 시대의 고유한 주요 질병이 있다고 했다. 그에 따르면 긍정성의 과잉에 빠진 현대 성과 사회를 사는 이들은 스스로를 자발적으로 착취하는 가해자인 동시에 피해자가 된다. OECD의 《2016 고용동향》에 따르면 2015년 기준 국내 취업자 1인당 평균 노동시간은 2,113시간으로 멕시코에 이어 두 번째로 높았다.

헤어질 수 없다면 시작하지 않겠어요

고혈압 약에 대한 통념과 진실

Q 안녕하세요. 서른한 살 직장인입니다. 나이를 먹으니 신중해진 건지 겁이 많아진 건지, 사람을 만나고 연애를 시작하는 게 어려워요. 어렸을 때 그냥 들이대던 패기는 어디로 간 건지. 그렇게까지 열심히 하는 것도 이젠 힘들고요. 나이가 들수록 자꾸 현실을 따져보게 되고 부정적인 생각이 많아집니다. 이 사람과 사귀게 되면 이런 문제가 생길 것 같은데, 잘 해서 결혼까지 갈 수 있을까. 중간에 관계가 어려워지면 서로 상처도 주게 될 텐데…. 이런 생각에 마음에 드는 사람이 있더라도 다가가는 것이 어렵습니다. 머뭇머뭇하다가 그냥 멀어지기도 하구

요. 그러고 나면 그래, 어차피 맞지 않을 사람이었어, 하고 생각하곤 합니다. 이솝 우화에도 왜 그런 이야기 있잖아요. 여우가 포도를 따 먹으려는데, 포도가 너무 높은 곳에 달려 있으니 어차피 신 포도일 거야, 라며 가버렸다는 이야기. 제게 꼭 맞는 사람을 만난다면 이런 망설임 없이 연애를 할 수 있을까요.

— 상일동에서 고민에 빠진 여우.

A 김현철의 〈연애〉란 노래가 생각나네요. 연애와 사랑만큼 멋진 일이 어디 있을까요. 물론 관계에 있어선 필연적으로 어려움이 따를 수 있지만 그게 걱정되어 시작조차 못한다면 어리석은 일이겠지요. 어쭙잖은 책임감은 내던지세요. 관계는 어느 한 사람이 책임지는 게 아니고 함께 만드는 겁니다. 여우 님은 미래에 생길 부작용이 걱정되어 꼭 필요한 치료를 미루는 환자 같네요. 부작용 걱정하지 말고 시작해보세요.

김은영 씨는 잡지를 덮었다. 흔해 빠진 연애 상담에 흔해 빠진 충고였다. 창의력이 부족하군. 이런 고민과 답변이 다 내 이야기처럼 느껴졌던 적도 있었는데, 그때는 어떻게 그럴 수 있었을까. 그녀는 유치했던 과거를 들켜버린 것 같은 마음에 얼굴이 달아올라 괜히 헛기침을 하며 주위를 둘러보았다. 대기실에는 김은영 씨를 포함해 세 명의 환자가 있었다. 저녁에 문을 여는 병원에 환자가 얼마나 있을까 싶었는데 괜한 생각이었던 것 같았다. 소파 건너편에는 커다란 화분 옆에 체지방 측정기와 자동 혈압계가 놓여 있었다. 벽에 붙은 포스터의 붉은색 문구에 김은영 씨의 눈길이 멈췄다.

건강 가족 시작은 자기 혈관 숫자 알기부터.
사망 원인 1위 심뇌혈관질환!
정기적인 혈압, 혈당, 콜레스테롤 측정이 예방의 시작입니다.

김은영 씨는 목마름을 느꼈다. 자리에서 일어나 종이컵에 정수기 물을 따라 마시는 동안 그녀에게 눈길을 주는 사람은 없었다. 목을 축인 뒤 건너편 자동 혈압계 앞에 앉아 구멍 안으로 오른팔을 넣었다. 혈압계가 우웅 하고 몸을 떨며 팔을 조이는 동안 그녀는 침을 꿀꺽 삼켰다. 150/95. 조금 전 수치와 변화가 없었다. 가슴이 두근거렸다. 결혼 후 체중이 늘었지만 평소 건강에 문제가 있다고 생각한 적은 없었다. 그런데 일 년 전 건강보험공단의 건강검진에서 고혈압 주의 판정이 나왔고 재검에서도 혈압이 높다고 했다. 고혈압이라니. 그건 노인들에게나 생기는 문제 아닌가? 당시 의사는 우선 식이요법과 운동을 권했다. 식이요법을 어떻게 해야 하는지 묻자 의사는 싱겁게 먹는 것이 가장 중요하다고 했다. 더욱 의문이 들었다. 입맛도 싱거운 편인데 도대체 왜 내가 고혈압이 생긴걸까?

규칙적으로 운동 시간을 내는 것은 어려운 일이었다. 아침에 남편과 초등학생 아들 둘이 집을 나가면 후다닥 설거지를 끝내고 출근해야 했다. 그녀는 버스로 세 정거장 거리인 공인중개사 사무소에서 오전 열 시부터 세 시까지 일했다. 아이들의 교육비가 늘어나면서 집안일과 병행할 수 있는 일을 찾던 김은영 씨에 맞춤한 곳이었다. 사무실로 걸려오는 전화를 받거나 중개사가 물건을 보러 나간 사이 방문한 손님들을 접대하는 것이 주된 일이었다. 눈치가 빠른 그녀는 오래지 않아 동네 전월세 물건의 시세와 조건을 파악할 수 있었고 두어 달이 지나자 손님과 함께 나가 직접 안내를 하기도 했다.

그곳은 원래 공단 지역이었고 다세대 주택 단지가 이웃해 있었다. 폐업이나 이전을 하는 공장이 늘어나면서 빈 건물에 예술가들의 공방이 들어온 것이 변화의 시작이었다. 리모델링한 건물에 새로 들어선 식당이나 카페, 술집들이 군데군데 남아 있는 옛 건물들과 어우러져 독특한 분위기를 자아내고 있었다. 유행에 민감한 젊은이들은 멀리서 일부러 찾아오기도 했다. 하루가 멀다 하고 부동산 시세가 오르는 것을 보며 김은영 씨는 분위기가 바뀌고 있음을 누구보다도 실감했다. 더 많이 바뀌기 전에 작은 상가라도 마련해둔다면 높은 시세 차익을 얻을 수 있을 것 같았다. 대출을 좀 더 받는다면 내년쯤에는 가능하지 않을까. 그녀는 통장 잔고를 셈하며 생각에 잠기곤 했다.

반딧불 의원도 중개 사무실 업무로 이 근방을 돌아다니면서 발견한 것이다. 여간해선 병원 들를 시간을 내기가 힘든 그녀도 저녁 시간이라면 올 수 있을 것 같아 기억해두었다. 아이들에게 급히 진료가 필요할 때도 도움이 될 것 같았다. 오늘도 저녁 식사 설거지를 끝내고 학원 숙제를 하는 아이들과 야구 중계를 보는 남편을 확인한 뒤 집을 나온 터였다.

오래된 상가 건물 삼 층에 있는 병원이라면 임대료가 얼마나 될까 계산하고 있을 때 그녀의 이름이 불렸다. 막 진료실에서 나온 양복 차림의 중년 남성에게서 풍기는 역한 담배 냄새에 그녀는 미간을 살짝 찌푸렸다. 진료실 문을 열고 들어가자 가운을 입은 의사가 두 팔을 허공에 휘젓고 있었다. 키가 크고 마른 편인 그는 인상으로 짐작되는 나이와 달리 머리가 하얗게 세어 있었다. 의사가 입은 낡은 가운에는 오랫동안 세탁을 반복한 흔적이 배어 있었다. 김은영 씨와 눈이 마주친 의사는 팔을 내리며 히죽 웃었다.

"제가 냄새에 좀 민감해서요."

김은영 씨는 책상 위를 보고서 이내 그의 말뜻을 알아챘다. 책상 위에는 주황색 오렌지가 그려진 스프레이 방향제가 놓여 있었다. 진료실 안 공기에서 조금 전 맡았던 담배 냄새와 함께 달큼한 오렌지 향이 느껴졌다.

"어디가 불편해서 오셨나요?"

"며칠 전에 두통이 심해서 타이레놀을 먹었는데, 평소와 달리 약을 먹어도 금방 가라앉지 않더라구요. 혹시나 해서 혈압을 재봤더니 160이 넘어서⋯."

"두통은 나아지셨나요?"

"네, 그날 자고 일어나니 괜찮았어요."

"혈압은 평소 정상이셨어요?"

"혈압이 높다고 한 건 일 년쯤 되었는데, 특별히 불편한 증상은 없었어요. 운동을 해야 하는데 시간이 없어서 못하고 차일피일 미루고만 있네요."

병원에서 이런 이야기를 할 때면 왜 죄를 고백하는 신자가 된 것 같은 기분이 들까. 하지만 그녀의 고백에 의사는 별다른 반응을 보이지 않았다.

"진료 전에 혈압을 재 보셨나요?"

"네, 150에 95였어요. 평소랑 비슷해요. 가끔 혈압을 재보긴 하거든요. 140에서 150 정도? 지난번 건강검진을 받았을 때 혈압이 계속 높으면 약을 먹어야 한다고 했는데, 꼭 먹어야 할지 모르겠어요. 혈압 약은 한 번 먹기 시작하면 평생 먹어야 한다잖아요. 이제 겨우 사십 대인데 지금부터 먹기 시작하면 너무 오래 먹게 되는 것 아닌가 싶기도 하고요. 혈압 약을 오래 먹으면 부작용이 생긴다고 하던데요."

이야기를 듣는 동안 손가락으로 자판을 치듯 가볍게 책상을 두드리던 그가 동작을 멈추고 그녀를 빤히 쳐다보았다.

"어떤 약이든 부작용 없는 약은 없어요. 혈압 약도 마찬가지입니다. 하지만 심각한 문제들은 아니고 어지럼증, 변비, 얼굴이 붉어진다거나 손발이 붓는다거나 하는 문제들이지요. 심각하다면 발기부전 정도가 되겠네요."

이 대목에서 의사가 정말로 심각한 표정을 지어보여서 김은영 씨는 킥 하고 웃고 말았다.

"부작용은 약을 바꾸면 없어집니다. 대부분의 혈압 약은 평생 먹어도 되는 안전한 약이에요. 미리 걱정하지 마세요."

부드럽지만 단호한 말투였다.

"더 큰 문제는 고혈압을 그대로 두었을 때 생길 수 있어요. 중풍이나 심장병이 생길 위험이 두세 배 올라가는데 그건 한 번 생기면 되돌리기 어렵습니다. 혈압 약을 먹는 건 중풍을 예방하는 가장 쉬운 방법이에요. 그런데도 부작용부터 걱정해서 피하는 건 뭐랄까, 맘에 드는 상대를 만났는데도 서로 싸우고 다칠 것이 두려워 연애를 시작하지 못하는 것과 비슷한 거죠."

"혈압 약은 내성이 있어서 점점 더 많이 먹어야 한다던데요."

"아뇨. 잘못된 이야기입니다. 내성은 없어요. 약 용량이 늘어나는 것은 나이가 들면서 혈압도 더 올라가기 때문입니다."

"그럼 역시 약은 평생 먹어야 하는 거네요."

"아뇨. 그것도 잘못된 이야기입니다. 약을 끊을 수도 있어요. 대신 조건이 있습니다."

"네?"

의외라는 듯한 물음에 의사는 잠시 말을 끊고 그녀의 표정을 살폈다.

"약은 고혈압 치료의 전부가 아니라 여러 방법 중의 하나일 뿐이에요. 체중을 줄이고 싱겁게 먹는 것, 그리고 운동도 방법이 됩니다. 대신 효과가 느리게 나타나지요. 최소한 삼 개월은 걸려요. 사람들마다 차이가 있지만 꾸준히 하면 각각 5밀리 정도씩 혈압을 낮출 수 있어요. 한꺼번에 지키면 효과도 커집니다. 약을 끊으려면 이런 방법으로 나타나는 효과가 약의 효과를 대신할 수 있어야 해요. 그게 조건입니다."

차근차근 이어지는 설명을 들으니 그간의 불안감이 조금은 줄어드는 기분이었다. 무엇보다 혈압 약을 끊을 수도 있다니

약에 대한 부담감도 한결 가벼워지는 것 같았다.

"지난 일 년간 혈압 관리가 안 되었던 걸 생각하면 우선 약을 드시고 혈압을 낮추는 게 좋겠네요. 최소한 140/90 미만으로는 유지가 되어야 해요. 김은영 씨에게 맞는 약을 처방해드릴게요. 하루 한 번씩 드시고 두 주 뒤에 봅시다. 다음에 뵐 때는 약 효과가 있는지 확인하고 약을 먹으면서 불편한 게 있었는지 확인할 거예요. 혹시 불편한 게 생기면 더 일찍 오셔도 됩니다."

일어서려는 그녀에게 의사는 재차 당부했다.

"약을 먹고 곧바로 혈압이 내려간다고 해도 그건 약의 효과로 된 거라 자의로 끊으시면 안 돼요. 시작은 쉽지만 헤어지는 건 어렵거든요. 방법에 대해선 차차 상의해봅시다."

병원을 나서면서 김은영 씨는 생각했다. 단지 내에 있는 헬스장이라면 저녁 시간에 짬을 내는 게 가능하지 않을까. 오늘 들었던 이야기들에 대해 남편과 상의를 해봐야 할 것 같다.

고혈압은 뇌혈관, 심혈관 질환의 주된 원인 중 하나다. 수축기 혈압 140mmHg 또는 이완기 혈압 90mmHg, 둘 중 어느 하나라도 기준을 넘었을 때 고혈압 진단을 내린다. 많은 사람들이 혈압이 오르면 두통이나 뒷목이 뻣뻣해지는 증상이 생긴다고 알고 있다. 하지만 사실 혈압 때문에 두통이 생기는 경우는 드물다. 오히려 과도한 스트레스나 긴장으로 인해 두통이 생기고, 이로 인해 교감신경이 활성화되어 혈압이 오르는 경우가 많다. 원인과 결과가 뒤바뀐 셈이다.

혈압이 높아도 뇌졸중(중풍)이나 협심증, 심근경색 등 심각한 합병증이 생기기 전에는 대부분 증상이 없다. 그래서 고혈압이 "침묵의 살인자"라고 불리는 것이다. 평소 불편한 곳이 없어서 혈압을 확인해볼 필요성을 못 느꼈다는 고혈압 환자들을 진료실에서 자주 만나는데, 혈압을 재기 전에는 고혈압인지 알 수 없으니 자신의 혈압 수치가 어느 정도인지 확인하는 습관을 갖는 것이 좋다.

한국 성인 10명 중 3명이 고혈압 환자인데, 이 수치는 최근 십여 년 간 큰 변화가 없다. 고혈압은 절반의 법칙rule of halves이 적용되어온 대표적 질병이다. 환자의 절반가량은 자신에게 고혈압이 있다는 것을 모른다. 알더라도 절반은 치료를 받지 않는다. 치료한다 해도 절반은 목표치에 도달하지 못한다. 종합하면 고혈압 환자의 극히 일부만이 성공적으로 치료를 받고 있다는 결론이 나온다. 실제 십여 년 전만 해도 국내 고혈압 환자의 인지율(조사에서 스스로 고혈압이 있다고 답한 비율)은 50퍼센트 정도에 불과했다. 문제점에 대한 관심과 홍보, 국가 건강 검진 등의 영향으로 조금씩 나아지고 있지만 아직도 인지율은 65퍼센트에 머물러 있다(2016년 국민건강영양조사 결과).

과거에 비해 치료를 받는 비율도 높아졌지만, 지금도 고혈압 진단을 받은 10명 중 1명 정도는 약을 복용하지 않는다. 약의 내성과 부작용 등에 대한 잘못된 통념은 고혈압 치료율을 낮추는 대표적인 요인이다. 특히 삼사십 대 환자의 치료율이 전체 환자 치료율의 절반이 채 안 되는 것도 같은 이유에서다. 하지만 혈압 약은 내성이 없으며 매우 안전한 약이다. 어지럼증, 두통, 부종, 변비, 발기부전 등의 부작용이 생길 수 있지만 일시적인 문제이며 약을 적절히 변경하면 해결할 수 있다.

약을 끊을 수 없다는 것 때문에 약 복용 시작 자체를 꺼리는 경우도 많은데, 김은영 씨의 사례에서 알 수 있듯이 혈압이 안정적으로 유지되고 체중 감량, 생활 습관 관리도 잘 된다면 복용 중단을 시도할 수 있다. 이 경우 무턱대고 끊기보다 사전에 주치의와 충분히 상의해야 하며, 우선 약을 줄이는 것부터 서서히 시도하는 것이 좋다. 또한 복용 중단 이후에도 혈압의 변화를 지속적으로 관찰할 필요가 있다.

죄송합니다, 고객님

감정노동자의 소화불량에 대한 보고서

전화를 끊고 박지영 씨는 참았던 한숨을 내쉬었다. 머리가 지끈거렸다. 구입한 지 한 달이 지난 의류에 하자가 있다고 환불을 요구하는 고객이었다. 무리한 요구였지만 전화기 건너편 고객의 태도는 당당했다. 이런 경우 입던 옷을 보내면서 입지 않았다고 발뺌하는 사람도 있다. 환불 기한은 공식적으로 일주일이며 환불이 어렵다고 설명하자 고객은 소리를 지르며 욕설을 쏟아냈다. 삼십 분쯤, 아니 사십 분쯤 통화가 이어졌을까. 죄송합니다, 고객님. 같은 말을 몇 번이나 했는지 모르겠다. 전화를 끊자 상품 배달 지연을 문의하는 고객과 통화 중이던 옆자리 동료가 박지영 씨에게 슬쩍 눈짓을 주었다. 잠깐 콜을 중단하라는 의미다. 한참 바쁠 시간임에도 자신을 배려해주는 마음 씀씀이가 고마웠다. 그녀는 동료에게 눈인사를 보내며 고개를 끄덕이고 헤드셋을 벗었다. 잠시만이라도 바깥 공기를 쐬고 싶었다. 일어선 그녀의 시선이 벽에 붙은 전광판의 인입 콜 현황과 실시간 처리 건수를 향했다. 오늘 할당된 콜을 채우려면 오래 쉬지는 못할 것 같다.

박지영 씨가 이곳 M쇼핑몰 콜센터에서 근무를 시작한 것은 일 년 전이었다. 그 전에는 휴대폰 대리점에서 일을 했다. 일이 힘든 건 아니었지만 문득 주소록에서 판매 실적을 올리는 데 도움이 될 만한 이름을 찾고 있는 자신이 싫어져 그만두었다. 모르는 사람을 상대하는 콜센터는 적어도 이런 일은 없을 것 같았다. 콜센터에 온 첫 날, 그녀는 빽빽하게 들어찬 파티션과 책상을 보고 비좁은 닭 사육장을 떠올렸다. 팀장이 지켜야 할 주의 사항을 알려주었다.

"박지영 씨 자리에 이번 달에만 세 번째예요. 앞 두 사람은 일주일도 못 채우고 그만두었거든요. 금방 보충이 되긴 하지만 그래도 익숙해질 때까지 콜 처리율이 떨어질 수밖에 없어요. 지영 씨는 오래 있어줬으면 좋겠네요."

이곳에서 삼 년째 근무라는 팀장은 무표정한 얼굴로 담담하게 덧붙였다.

"고객이 하는 말들은 흘려듣도록 해요. 안 그러면 오래 일하기 어려워져요."

팀장의 말이 어떤 의미인지 이해하는 데는 오랜 시간이 걸리지 않았다.

어떤 경우라도 고객이 우선이었다. 고객에게 폭언을 들어도 먼저 사과해야 했고, 성희롱을 당해도 전화를 끊을 수 없었다. 그나마 지난해부터 내부 지침이 바뀌어 욕설이나 폭언을 들은 뒤에는 잠깐이라도 쉴 수 있으니 다행이었다. 감정을 추스를 최소한의 시간을 주기 위한 조치였다. 이전에는 욕설을 듣고 울음이 터져도 눈물 닦을 여유도 없이 다음 콜을 받아야 했다. 채워야 할 콜 수가 정해져 있어서 직원들은 한 시간의 점심시간도 쪼개어 썼다. 처리해야 할 고객들의 요구 사항이 많은 날은 점심시간이나 퇴근 시간 이후까지 일을 했다. 화장실에 갈 여유가 없어서 고객과의 상담이 길어질 때면 요의를 참아야 할 때도 있었다. 덕분에 직원들은 치질과 방광염을 달고살았다. 박지영 씨도 끈덕지게 반품을 요구하는 고객을 응대하다 소변을 참지 못해 지릴 뻔한 상황을 겪은 뒤부터는 외출중에 화장실이 보이면 소변이 급하지 않더라도 다녀오는 버릇이 생겼다.

변한 것은 버릇만이 아니었다. 점심을 급히 먹거나 건너뛰는 경우가 많은데다가 하루 종일 앉아서 일을 해서인지 몇 달 전부터는 소화불량 증세가 생겼다. 속이 더부룩하고 배에 가스가 꽉 찬 것 같은 기분을 느끼는 일이 잦았다. 소화제와 활명수를 사 먹으면 잠깐 나아지는 기분이 들었지만 오래가지 않았다. 함께 근무하는 동료가 효과를 봤다는 사혈 침을 구입해 써보기도 했고 한의원에서 부항을 뜨기도 했다. 속이 더부룩해서 저녁식사를 아예 건너뛰는 일이 잦아지면서 체중이 3킬로그램이나 빠졌다. 덜컥 겁이 나서 큰맘 먹고 연차를 내고 집 근처 종합병원에서 내시경과 초음파 검사를 받은 것이 한 달 전이었다. 걱정했던 것과 달리 검사에서는 별다른 이상이 없다고 했다. 위장 운동을 도와준다는 처방 약을 먹은 뒤에 증상이 나아졌는데 최근에 다시 나빠진 상태였다.

마지막 콜 상담이 오래 걸린데다가 지난 달 실적 보고서를 작성하고 나니 여덟 시였다. 말이 보고서지 콜 수가 낮았던 사유를 적어낸 반성문에 가까웠다. 입맛이 없었지만 그래도 저녁을 건너뛰면 안 될 것 같아 편의점에 들렀다. 박지영 씨처럼 혼자 생활하는 직장인에게 오늘 같은 날 편의점 도시락은 맞춤한 식사였다. 오늘은 불고기가 들어간 것으로 골랐다. 여드름이 가시지 않은 앳된 얼굴의 직원에게 계산을 하고 편의점

구석 테이블에 자리를 잡았다. 꼬치 어묵 국물도 한 그릇 놓았다. 꾸역꾸역 밥을 욱여넣은 뒤 어묵 국물을 한 모금 삼켰다. 순간 눈물이 핑 돌았다.

오늘은 명치에 느껴지는 불편함이 더 심했다. 돌덩어리가 몇 개쯤 들어앉은 것 같았다. 이런 괴로운 상태로 평생 살아야 하는 건 아닐까. 몸이 더 나빠져서 일을 못하게 되면 어떡하나. 결국 도시락은 반도 못 먹었다. 편의점을 나왔을 때 그녀의 손에는 소화제 한 통이 들려 있었다. 올려다 본 밤하늘 구름 사이로 달이 푸르스름한 얼굴을 내밀었다. 건물 삼 층의 불 켜진 창문이 시야에 들어온 건 그녀가 막 집을 향해 걸음을 옮기려 할 때였다. 야간 진료를 하는 의원이었다. 그녀는 고개를 갸우뚱했다. 자주 지나다니는 길이었는데 이곳에 의원이 있다는 걸 왜 몰랐을까. 박지영 씨는 코트 주머니 안의 소화제를 만지작거렸다. "반딧불 의원"이라는 이름이 붙은 창에 달빛이 고즈넉하게 비쳤다.

진료실에 들어서서 의사와 마주앉은 박지영 씨는 이야기를 꺼내기가 망설여졌다. 의사의 인상이 날카로워 보였기 때문이다. 하지만 의사는 의외로 박지영 씨가 늘어놓는 이야기를 차분히 들어주었다. 그녀의 업무 역시 결국은 고객의 말을 들어주는 것이었다. 컴플레인을 하던 고객들도 원하는 이야기를 다 쏟아낸 후 감정이 누그러지곤 했다. 상품 문제가 아니라 애인과 헤어진 이야기를 하거나 신세를 한탄하며 울먹이는 고객들도 있었다. 그러고 보면 진료실에서 의사가 하는 일도 콜센터 업무와 비슷한 부분이 있는 것 아닌가 싶었다. 의사는 그녀의 직업과 하루 일과에 대해서도 물었다. 박지영 씨가 최근 심해진 소화불량 증상을 설명하면서 의사들도 그녀와 같은 증상을 느끼고 있지는 않을까 생각하고 있을 때 그가 엉뚱한 질문을 던졌다.

"살면서 치른 제일 큰 시험이 뭐였어요?"

"대학 시험이었죠. 수능."

"시험 준비할 때는 소화가 잘 됐나요?"

"아뇨. 그때는 워낙 스트레스가 많아서…. 성적이 좋지 않았거든요. 소화제를 달고 살았어요. 변비도 심했고."

"시험이 끝나고 좋아졌나요?"

"그랬죠. 생각해보면 신경 쓰는 일들이 많을 때면 비슷한 증상이 있었던 것 같아요. 근데 이번처럼 오래간 적은 없었어요."

"중요한 시험 준비와 같이 스트레스가 많을 때 일시적으로 소화가 안 되는 경험은 누구나 있어요. 하지만 시험이 끝나면 언제 그랬냐는 듯 좋아지죠. 증상이 생긴 건 위장에 갑자기 병이 생겼기 때문이 아니에요. 내시경을 해봐도 문제는 없을 거예요. 그런데도 문제가 생기는 이유는,"

의사는 잠시 말을 끊고 손가락으로 머리를 톡톡 두드렸다. 첫인상과 달리 한결 부드러워진 표정이었다.

"위장에 음식이 들어가면 주문이 접수됩니다. 위장으로부터 받은 주문에 따라 여기, 뇌에서부터 출고가 시작되고 상품이 나가게 돼요. 그걸 받아서 위장은 열심히 일을 하구요. 이과정이 총알배송보다 빠르죠. 그런데 뇌가 신경을 쓸 게 많아 바빠지면 주문을 제대로 받지도 못하고 배송도 늦어져요. 어떤 때는 엉뚱한 상품을 발송하기도 하고. 그걸 받아 일을 해야하는 위장 입장에선 답답한 거죠. 그러니 명치가 뒤틀리고 가스가 차고… 컴플레인을 하게 됩니다."

그럼 내 위장은 문제가 없다는 건가. 의사는 손가락으로 다시 타이핑을 하듯 책상을 두드리며 말을 이었다.

"상황이 좋아지면 곧 나아질 수 있어요. 하지만 박지영 씨처럼 직장에서 감정노동으로 스트레스를 받는 상황이 계속되면 배송 오류가 반복되고, 그렇게 되면 위장이 나 몰라라 하고 드러눕게 됩니다. 겉으론 말짱하고 교양 있게 생겼지만 매번 민원을 내는 진상 고객이 되고 마는 거죠."

박지영 씨는 의사가 그녀의 업무에 비유해 증상을 설명하

고 있음을 알아차렸다. 그녀도 스트레스 때문에 증상이 나빠진다는 것은 알고 있었다. 그렇다고 일을 피할 수는 없는 노릇이었다. 하지만 진상 고객을 들먹이는 의사의 익살스런 표정에 그녀는 순간 웃음을 터뜨리고 말았다.

"이런 상황을 기능성 위장장애라고 불러요. 사실 원인은 하나로 꼬집어 말하기 힘듭니다. 선천적으로 위장 기능이 약해서 조금만 환경이 바뀌어도 증상이 잘 생기는 분들도 있어요. 진상 고객이 되어버린 위장을 진정시킬 수 있는 약을 처방해드릴게요. 지금 박지영 씨에게 도움이 될 겁니다. 약이 위장 운동을 도와줄 수 있지만 장기적으로 약에만 의존하는 것은 바람직하지 않아요. 생활 습관을 잘 관리하는 게 중요해요. 위장에서 뇌로 가는 주문이 너무 많거나 제멋대로여도 문젭니다. 과식하지 않고 규칙적으로 제시간에 식사할 필요가 있다는 거죠. 운동도 꼭 필요하니 가벼운 것부터 시작해보세요."

진료실을 나오면서 박지영 씨는 민원 상담을 받은 고객이 된 것 같은 기분을 느꼈다. 늘 불평을 듣고 사과를 해야 하는 입장임에도 내 이야기를 들어줄 곳은 어딘가에 있는 법이었다. 그녀의 명치에는 여전히 더부룩함이 남아 있었지만 그 무게가 조금은 가벼워진 것 같았다.

기능성 위장장애는 우리나라 성인 10명 중 1명이 앓고 있을 정도로 흔한 문제다. 복부가 더부룩하고 팽만감, 구토, 트림 등의 증상이 나타난다. 대장 쪽의 증상은 "과민성 장증후군"으로 불리기도 하는데 식사나 스트레스로 복통이 심해지고 배변으로 증상이 나아지며 설사나 변비를 동반하기도 한다. 위, 대장 내시경으로 발견할 수 있는 염증, 궤양, 암 등의 문제가 없는데도 만성적이고 반복적인 증상이 나타나는 게 특징이다. 큰 합병증을 일으키는 문제는 아니지만 쉽게 낫지 않고 지속되므로 환자 입장에서는 겉으로 나타나는 것보다 훨씬 고통스러울 수 있다.

증상에 따라 위, 대장 내시경 등의 적절한 검사를 했는데도 원인이 될 만한 특별한 문제가 없었다면 기능성 위장장애를 의심할 수 있다. 기능성 위장장애는 그 원인이 아직 잘 알려져 있지 않지만 약물 치료 외에 식습관 개선이 증상 호전에 도움된다. 위장에 자극이 될 수 있는 과음, 과식과 불규칙한 식사를 피하고, 자극적이거나 짜고 기름진 음식 등 증상을 악화시킬 수 있는 음식은 피해야 한다. 식습관만큼 중요한 것이 스트레스인데, 스트레스가 기능성 위장장애 증상을 악화시킬 수 있음은 다양한 연구를 통해 잘 알려져 있다. 스트레스를 받으면 자율신경계 중 교감신경이 활성화되며, 이는 우리 몸을 긴장 상태로 만든다. 입과 식도에서는 소화를 돕는 점액 분비가 잘 안 되고, 위장에서는 연동운동과 소화효소 분비가 줄어든다. 음식을 먹어도 몸이 제대로 분해와 흡수를 못하게 되는 것이다. 따라서 기능성 위장장애 환자는 평소 스트레스를 잘 관리하는 것이 중요하다.

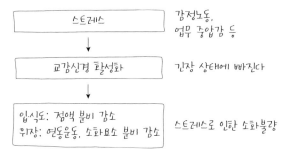

감정노동은 적절한 감정을 표현하는 것이 일터에서의 업무 성과로 이어지는 경우에 발생한다. 즉 노동을 할 때 실제 자신의 감정이 아닌 조직이 원하는 감정을 발화하는 것이다. 감정노동의 개념을 처음 알린 미국의 사회학자 앨리 러셀 혹실드Arlie Russell Hochschild는 자신의 책 『감정노동The Managed Heart』에서 사적 차원의 감정 관리가 사회적으로 조직되고 임금을 얻기 위한 감정노동으로 변형될 때 소진, 스트레스, 신체적 쇠약이 발생한다고 했다.

  콜센터 직원은 감정노동을 담당하는 대표적인 직종이다. 서비스 시장이 커지면서 콜센터 관련 매출은 꾸준히 증가하고 있는데, 통계청의 자료에 따르면 국내 콜센터 및 텔레마케팅업 종사자 수 역시 2007년 3만 7,824명에서 2011년 6만 3,522명으로 크게 늘었다. 콜센터 직원 540명에 대한 국내 연구* 결과 고객으로부터 인격 무시성 발언을 들은 비율은 72퍼센트, 고객으로부터 폭언과 욕설을 들은 비율은 65퍼센트, 고객으로부터 성희롱을 당한 경험이 있는 경우는 32퍼센트로 나타났다. 조사 대상자의 44퍼센트는 위장장애, 우울증, 하지정맥류, 근골격계 질환, 생리불순, 성대 결절 등 여섯 개 질환 중 하나 이상의 질병을 진단받은 적이 있었으며, 그중 위장장애가 차지하는 비중이 가장 높았다.

• 박찬임 외, 2012, 《서비스 산업의 감정노동 연구: 판매원과 전화상담원을 중심으로》, 한국노동연구원.

안 먹어도 괜찮아요

비타민제 과용의 세상을 사는 법

이게 얼마만이야. 그동안 별일 없었어? 내가 먼저 연락했어야 하는데. 뭐가 그리 바쁜지 나도 요즘은 정신이 없다니까. 특별한 일이 생긴 건 아니구. 첫째가 올해 고3이잖아. 하긴 그게 특별한 일이긴 하네. 요샌 주말마다 입시설명회 가는 게 일이야. 자기도 애들 초등학교 다닌다고 남 일처럼 듣지 말고 일찍부터 준비하는 게 좋아. 우리도 아무 생각 없이 있다가 준비가 늦어서 고생했잖아. 다들 중학교 때부터 특목고 준비하거든.

우리 아이? 잘하긴 뭘. 옛날 일이지. 지금은 서울에 있는 대학 정도만 가주면 좋겠어. 건강? 다행히 체력은 좋은 편이긴 한데 작년부턴 안 걸리던 감기도 자주 걸리고 이전보다 힘들어 하는 것 같긴 해. 면역력이 나빠졌나 봐. 두고 보기가 안쓰러워서 이것저것 지가 좋아하는 음식으로 해 먹이려고 하는데 그것도 힘들어. 입맛이 떨어졌는지 뭘 해줘도 심드렁하더라구. 얼굴이 다 핼쑥해졌다니까. 그래서 홍삼 엑기스랑 수험생용 비타민, 그리고 시력에 좋다는 눈 영양제 챙겨 먹이고 있어. 비타민은 합성보다 천연이 좋다길래 좀 비싸긴 하지만 그걸로 골랐구. 오메가3도 같이 먹여볼까 해. 지난번에 방송에 나온 의사가 그러는데 집중력에 도움된다고 하더라. 머리를 제일 많이 써야 할 때잖아. 도움이 된다면 뭐든 해야지.

애들 아빠야 뭐, 예나 지금이나 일밖에 모르는 양반인걸. 집에 좀 붙어 있어야 애들한테 신경을 쓰지. 하나부터 열까지 내가 챙기지 않으면 집안일이고 애들 문제고 돌아가질 않는다니까. 게다가 회사 사정이 안 좋아졌나 봐. 건설 경기가 좋진 않잖아. 그래도 요즘 같은 때 명예퇴직이니 뭐니 해서 그만두는 사람도 많은데, 아직 부장 명함 달고 회사에 남아 있는 것만 해도 감사한 일이지. 요즘은 주말에 안 나가던 예배도 나가고 있어. 목사님 말씀 듣다보면 마음이 편해지더라. 자기도 다시 나와봐.

참, 그 소식 들었어? 윤수 아빠 말이야. 자기도 들었구나.

윤수가 막내라 아빠가 나이가 많은 편이긴 한데, 그래도 예순도 안 된 나이에 암이라니. 남 일 같지 않아. 우리 남편도 담배 오래 피웠잖아. 지금은 끊었지만. 그동안 건강에 큰 문제는 없었는데 작년 건강검진에서 혈당이 높다고 해서 깜짝 놀랐지 뭐야. 아버님이 당뇨 합병증으로 고생하다 돌아가셨잖아. 게다가 간 기능이 나빠진 건지 맨날 피곤하다는 말을 입에 달고 살아. 한약도 몇 첩 먹여봤는데 소용이 없더라. 요즘 운동 시작했는데 그래 봤자 동네 헬스클럽이기는 하지만. 아무튼 좀 나아진 것 같긴 한데 내가 좀 더 챙겨줘야 할 것 같아서 이것저것 먹이고 있어.

가만있자⋯. 종합비타민하고 홍삼, 그리고 프로폴리스. 면역력에 좋고 항산화 효과도 있대. 비타민C는 두 알씩 하루 세 번 먹어. 유명한 교수가 쓴 책을 본 적 있는데 그분 가족들은 다 그렇게 먹는다고 하더라구. 자기도 들어봤지? 그분 강의에서 그러는데 당뇨병도 고쳤대. 항암 효과도 있다니깐. 아, 강의는 안 들어봤구나. 내가 카톡으로 보내줄게 한번 들어봐. 우리 그이도 매년 독감 한두 번씩은 치렀는데 비타민C 먹은 뒤부턴 감기에 덜 걸리는 것 같아. 요즘은 유산균도 챙겨주고 있어. 술 많이 먹는 남자들은 유산균 꼭 먹어야 한대. 우리 남편도 술 마신 다음 날 화장실에 자주 가거든. 우리나라에도 대장암 환자가 늘고 있다던데 유산균이 장 건강엔 필수래. 어디서 들었냐고? 방송에 자주 나오는 의사 있잖아. 얼마 전에 그 사람이 홈쇼핑에 나오길래 바로 주문했지. 유산균도 다 같지 않고 성분을 따져봐야 한다더라구. 그 분 이야기는 믿음이 가더라. 그 의사 이름이 뭐더라….

그나저나 요즘은 건망증이 심해져서 큰일이야. 사람 이름도 금방 생각이 안 나고 냉장고 문을 열었다가도 뭣 땜에 열었는지 잊어버릴 때가 있다니까. 이러다 치매 걸리는 거 아닌가 몰라. 갱년기라서 그런가. 자기는 그런 문제 없어? 괜찮다니 다행이다. 난 식은땀도 자주 나고 가슴도 자주 두근거려. 열이 확 올랐다 내리기도 하고. 아이 입시 준비 때문에 신경을 많이 써서 그런 것 같기도 한데 어쩔 수 없지 뭐. 요즘 입시는 아이 건강도 중요하지만 엄마들 체력 싸움이기도 하잖아. 다른 때라면 나야 밥 잘 먹고 건강에 문제 없으니 별 신경 안 쓸 텐데, 지금 같은 때는 내가 잘 버텨야 애들이랑 남편도 챙기지. 그래서 갱년기에 좋다는 영양제 챙겨 먹고 있어. 호르몬제는 아니구. 달맞이꽃이랑 석류에서 추출한 게 부작용도 없고 좋대. 건망증 때문에 오메가3도 같이 먹어. 무릎이 뻐근한 게 뼈가 약해진 것 같아서 칼슘이랑 비타민D도 먹고 있구.

근데 자기도 영양제 이것저것 많이 먹지 않았어? 예전엔

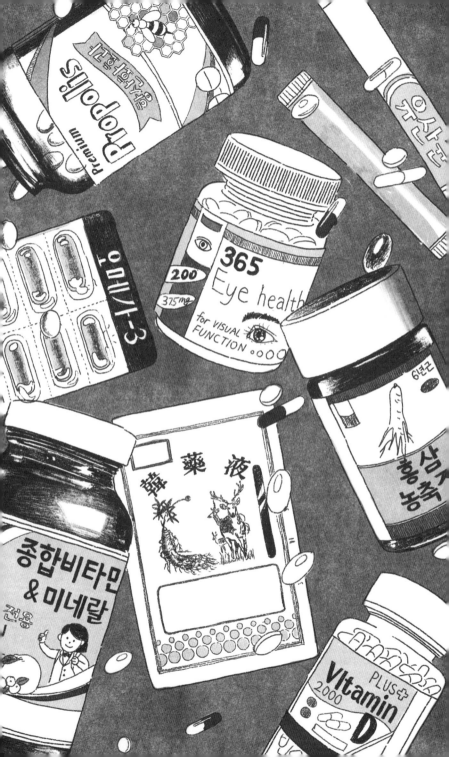

밖에서 만날 때도 챙겨가지고 다니면서 먹었잖아. 나한테 권해주기도 하구. 요즘은 뭐 먹고 있어? 그러지 말구 좋은 정보 있음 나한테도 알려줘. 의사가 안 먹어도 된다고 했어? 어디 병원에 다니는데? 저녁에만 하는 병원도 있구나. 반딧불이라니, 별 이상한 이름도 다 있네. 근데 그 의사는 왜 먹을 필요가 없다고 하는 거래? 좀 특이한 의사인가 봐. 티브이에 나오는 의사는 아니지? 그래도 자기가 그렇게 이야기하는 걸 보니 믿을 만한 사람인가 보네. 그래서 종합비타민은 안 먹는다는 거구나. 과일이야 당연히 챙겨 먹으려고 하지. 근데 충분한지 모르겠어. 방송에선 요즘 과일이나 채소엔 예전만큼 비타민이 안 들어 있어서 비타민제를 따로 먹어야 한다던데. 아, 그 의사 말은 요즘 과일이 예전만 못하다 해도 따로 비타민제를 챙겨 먹을 정도로 부족한 건 아니라는 거네?

오메가3도 따로 먹을 필요 없다고 해서 안 먹는 거구나. 의사가 심혈관 쪽에 병이 없으면 굳이 도움이 안 된다고 그랬어? 하긴 나도 심장에 문제는 없는데. 생선에 오메가3가 많은 건 알지. 우리 식구들은 잘 먹는 편이구. 어려서부터 먹는 버릇을 들여서 애들도 잘 먹는 편이야. 그럼 우리는 안 먹어도 되겠네. 비타민C는? 그것도 먹지 말라는 거야? 비타민C는 아무리 많이 먹어도 수용성이라 부작용이 없고 소변으로 다 나온다던데. 결석? 정말? 애들 아빠가 몇 년 전에 콩팥에 결석이 생겨서 응급실까지 갔잖아. 그때 얼마나 심하게 아팠는지 지금도 결석이라면 흠칫흠칫 놀란다니까. 나는 비타민C를 먹으면 속이 자꾸 쓰려서 안 먹고 있었지. 근데 결석 있는 사람들이 조심해야 한다는 건 전혀 몰랐네.

그나저나 그 의사 말은 요즘 티브이에 나오는 의사들 이야기랑 달라서 좀 놀랍다. 하긴 티브이에 의사들이 많이 나오긴 하는데 가끔은 저 말이 맞나 싶을 때도 있어. 물구나무서기를 하면 머리에 혈액순환이 좋아져서 탈모가 치료된다고 하질 않나, 유산균을 먹으면 임신이 된다고 하질 않나. 자기 말 들으니 나도 그 병원에 가서 물어봐야 할 것 같아. 그 많은 영양제 통을 식탁 옆에 쌓아두고 있으면서도 의사랑 직접 상의할 생각은 못해봤네. 그 동네 알지. 우리 집에서도 멀진 않잖아. 알았어. 비타민D는 피 검사를 해서 확인해보는 게 좋다고 하니 자기 말대로 가서 한번 검사해볼게.

식구들 여러 가지 영양제 챙겨 먹이는 것도 쉬운 일이 아닌데 그러지 않아도 된다니 반갑긴 하지만, 그렇게 아무것도 안 먹어도 되나 싶어 또 불안하기도 하고 그러네. 정말 안 먹어도 괜찮을까?

국내 건강기능식품 시장 규모는 매출액 기준 2004년 2,500
억 원에서 2016년 2조 1,260억 원으로 지난 십여 년간 열 배
가까이 성장했다. 질병 치료에 쓰이는 의약품의 연간 판매액
이 20조 원 정도인 걸 고려하면 한국인은 건강기능식품 구입
에 꽤 많은 돈을 소비하고 있는 셈이다.

　이러한 인기의 배경에는 건강에 도움이 되면서도 약과 달
리 부작용이 없다는 믿음이 자리 잡고 있다. 하지만 건강기능
식품이라고 해서 부작용이 없는 것은 아니다. 흡연자인 경우
종합비타민제에도 흔히 들어있는 베타카로틴(비타민A 전구
체)을 고용량으로 복용하면 폐암의 위험이 높아질 수 있다는
것은 잘 알려져 있다. 최근에는 비타민E 보충제가 전립선암
의 위험을, 셀레늄은 당뇨병의 위험을 높인다는 연구 결과가
나오기도 했다. 비타민C의 경우 속 쓰림 등 위장 장애 증상
을 일으키는 경우가 흔하며, 하루 상한 섭취량인 2그램 이하
만 먹어도 요로 결석의 위험이 높아질 수 있다.

　건강기능식품의 효과도 과장이 많다. 오메가3는 혈관 질
환이나 인지 기능 개선에 도움이 된다고 해서 인기가 많지만
실제로 심혈관 질환의 예방 효과가 있다는 근거는 빈약하다.
이런 이유로 미국심장학회에서는 협심증, 심근경색, 심부전

등 심혈관 질환이 있는 환자가 아니라면 단순 예방 목적으로는 오메가3를 복용하지 않도록 권하고 있다. 인지 기능 개선이나 치매 예방에 대해서도 효과를 증명한 연구는 거의 없다.

비타민C의 경우 감기 예방이나 치료 목적으로 흔히 복용하지만 관련 연구들에서는 일관된 결과가 나오지 않았다. 현재까지 보고된 연구들을 종합해 확인했을 때 정기적으로 비타민C를 복용하는 것이 감기 예방에는 도움이 되지 않았으며, 감기를 앓는 기간이나 증상을 줄일 가능성은 있었지만 그조차도 연구들마다 결과가 달랐다.[*] 비타민C는 가격이 저렴하고 적정량을 복용했을 때 큰 부작용은 없으므로 감기에 자주 걸리는 사람이라면 복용해볼 수도 있을 것이다. 하지만 그 근거 수준이 높지 않다는 것을 고려할 필요가 있으며, 과로를 피하고 규칙적인 운동으로 체력을 관리하는 등 보다 효과가 확실한 방법을 병행하는 것이 바람직하다. 한때 하루 상한 복용량인 2그램을 훌쩍 넘겨 6그램 이상을 복용하는 메가도즈megadose 요법이 암 예방에 효과가 있다며 유행하기도 했지만 대부분의 근거는 동물 실험 등에 국한된 것이었다. 사람을 대상으로 효과가 확인된 연구는 거의 없다. 미국암학회에서는 고용량 비타민C 요법이 구리 흡수를 방해하는 등

• Hemilä H, Chalker E. Vitamin C for preventing and treating the common cold. *Cochrane Database Syst Rev*. 2013 Jan 31;(1):CD000980.

의 문제를 일으킬 수 있으며 과학적 근거가 부족하므로 비타민C를 비롯한 고용량 비타민 복용을 지지할 수 없다는 입장을 밝힌 바 있다.

건강한 식습관을 통해 필요한 영양소를 충분히 섭취하고 있다면 추가로 건강기능식품을 복용할 필요는 없다. 일부 전문가들은 현대인이 먹는 식품은 과거와 달리 비타민 함량이 줄어든 데다가 식생활도 불규칙해서 음식만으로는 영양소를 충분히 얻기 어려우므로 비타민제를 따로 복용해야 한다고 주장한다. 하지만 실제 식품들을 수거해 영양소 함량을 분석한 결과와 해당 식품의 섭취 빈도를 기반으로 매년 발표되는 국민건강영양조사를 참고하면, 한국인 대부분은 음식을 통해 주요 비타민을 권장량 이상 섭취하고 있다. 설사 일부 영양소 섭취가 부족하다 해도 비타민제보다 관련 식품을 좀 더 먹는 것이 우선이며, 보충제가 이를 완벽하게 대신해줄 수는 없다.

방송에 출연해 의학적으로 인정되지 않은 시술이나 제품에 대해 과장해 이야기하는 의사를 "쇼닥터"라고 부른다. 쇼닥터가 등장한 것은 종편 건강 정보 프로그램들의 성장에서 그 배경을 찾을 수 있다. 의학 지식이 부족한 시청자 입장에서 방송을 통해 건강 정보를 쉽게 접할 수 있다는 것은 좋은 일이다. 의사가 직접 출연해 이야기한다면 그 신뢰도는 더 높아진다. 문제는 의사가 근거가 부족한 정보를 그럴 듯하게 포장해 이야기할 때 생긴다. 건강 정보를 다루는 프로그램을 보다 냉정한 시각으로 바라보아야 하는 이유가 여기에 있다. 쇼닥터 문제에 대한 우려의 목소리가 높아지면서 규제가 필요하다는 주장도 커지고 있다. 다소 늦은 감이 있지만 최근 대한의사협회가 의사의 방송 출연에 대한 가이드라인을 만드는 등 자정 노력을 하는 것은 반가운 일이다. 2016년 대한의사협회는 방송에서 자신이 만든 제품을 발모 효과가 있다고 홍보한 모 의사에게 의사의 품위 훼손을 사유로 회원 권리 정지 2년과 위반금 2,000만 원의 징계를 내렸다.

내 기억력은 괜찮은가요

건망증과 치매를 구별하는 방법

대기 중인 환자는 한 명뿐이었다. 일곱 평 남짓의 대기실에 놓인 집기는 기역 자 모양의 소파와 앉은뱅이 테이블, 소파와 같은 재질의 스툴 두 개, 그리고 원목 책장이 전부였다. 여러 사람이 사용하는 대기 공간의 가구는 때가 잘 타지 않는 재질을 쓰기 마련이다. 하지만 이곳 대기실 코너에 놓인 소파는 회색의 패브릭 재질이었다. 바랜 듯한 색깔이 비 오는 날 하늘빛처럼 흐릿했지만 그렇다고 지저분해 보이지는 않았다. 최근에 세탁을 다시 한 것이 틀림없었다. 큼지막한 검정색 원목 책장은 어디서나 흔히 볼 수 있을 만한 모양새였음에도 대기실

내부가 단출해서인지 상대적으로 고급스러워 보였다. 책장은 빼곡하게 책으로 채워져 있었다. 보통의 대기실에서 볼 수 있는 잡지나 가벼운 소설, 에세이도 있었지만 구색을 맞추는 정도였고, 대신 스티븐 킹의 작품들과 애거서 크리스티의 추리 소설 전집이 책장의 절반 이상을 차지했다. 책장 맞은편에 있는 자동 혈압계와 체중계가 이곳이 의원의 대기실임을 알려주고 있었다. 혈압계 옆에는 어른 키만 한 행운목 화분이 놓여 있었는데 반들거리는 잎의 초록색이 선명했다. 무채색의 공간에서 생명력을 뽐내고 있는 초록 잎이 대견해 보였다.

대기실을 둘러보던 박정숙 씨의 눈길이 데스크에 앉은 간호조무사에게 머물렀다. 자신을 바라보는 시선을 느낀 조무사가 그녀에게 미소를 지었다. 박정숙 씨가 반딧불 의원을 처음 방문한 것은 일 년 전 어느 저녁이었다. 둘째 딸이 나가 살게 되면서 혼자 저녁을 먹는 일이 잦았던 때였다. 지금도 그렇지만 혼자 하는 식사 때는 새로 요리를 하지 않았다. 그날도 냉장고에 남은 반찬으로 대충 저녁을 해결한 뒤였다. 여덟 시 뉴스가 끝나갈 즈음 시작된 두통이 점점 심해졌다. 이전에도 가끔 두통이 있었기에 진통제 하나 먹고 침대에 누웠는데 증상은 나아지지 않았다. 구토가 날 정도로 통증이 심해져 응급실에 가야 하나 싶을 때 떠오른 게 집 근처 야간 진료 의원이었다. 특이한 이름이라 기억해둔 터였다.

진통제와 링거를 맞고 두통이 나아지는 동안 간호조무사는 박정숙 씨의 상태를 수시로 확인했다. 조무사의 차분한 태도가 그녀의 마음을 편하게 해주었다. 자신도 가끔 편두통을 겪는다고 했다. 조무사는 얼마 전 두통으로 하루를 꼬박 누워 있었던 경험을 이야기하면서 이런 심한 두통은 겪어본 사람 아니면 그 심정 모를 거라며 고개를 절레절레 저었다. 박정숙 씨는 기껏해야 막내딸과 비슷한 나이로 보이는 그녀에게 동질감과 함께 위로를 느꼈다. 고지혈증으로 집에서 삼십 분 거리의 종합병원에서 정기적으로 진료를 받고 있었던 박정숙 씨는 그날 이후로 종합병원 대신 반딧불 의원에서 처방을 받았다.

"김 선생, 우리 원장님이 치매 검사도 하시나요?"

그녀는 간호조무사 김희정 씨를 김 선생이라고 불렀다. 갑작스러운 질문에 김희정 씨는 바로 대답하지 않고 잠시 기억을 더듬었다. 치매를 걱정할 만큼 최근 환자의 행동에 변화가 있었던가.

"누가 검사를 받으시려구요?"

"내가 받아볼까 하구요. 치매 검사를 하려면 엠알아이를 찍어야 한다던데, 다른 큰 병원에 가야 되겠지요?"

"꼭 그런 검사까지 해야 하는 건 아닐 거예요. 일단 원장님

하고 상의해보세요."

한참 어린 병원 직원에게도 항상 공손한 태도로 말을 건네는 분이었다. 진료실로 들어가는 환자의 뒷모습을 보며 김희정 씨는 걱정스런 마음에 살짝 미간을 찌푸렸다.

"오늘은 원장님께 여쭤볼 게 있어요."

"네, 말씀하세요."

묻는 말에는 조목조목 답을 잘 했지만, 여간해서는 본인이 먼저 이야기를 꺼내는 일이 없던 환자다. 그런데 오늘은 진료실을 나가기 전에 무슨 할 말이 있는지 머뭇거리다 막 말을 꺼낸 참이었다. 이런 경우에는 되도록 환자에게 여유를 줄 필요가 있다. 의사는 그녀가 다시 입을 열기를 기다렸다.

"제가 뇌 엠알아이를 찍어봐야 하나 싶어요."

"그런 생각을 하시게 된 특별한 이유가 있으신가요?"

"치매가 있는지 알려면 검사를 해봐야 한다던데 남편이랑 애들이 찍어보라고 해서요."

노년의 환자가 스스로 치매를 걱정하는 경우라면 실제 문제는 없을 때가 많다. 이전보다 기억력이 떨어졌다고 해도 대부분 나이에 따른 건망증이다. 그렇지만 가족이나 가까운 지인이 진료를 권했다면 주의를 기울여야 한다. 다른 사람이 보기에도 환자의 기억력이나 행동에 문제가 있다면 단순한 건망증이 아닐 수 있기 때문이다. 그녀의 나이는 오십 대 후반에 불과했다. 시간이 조금 더 필요했다. 의사는 곁눈질로 모니터 화면의 환자 리스트에 대기 중인 환자가 있는지 살폈다.

"가족 분들이 검사를 권하는 이유가 있을까요?"

"제가 이전과 달라졌다고 하네요. 기억력도 떨어지고 행동도 굼떠졌다고."

"스스로도 문제가 있다고 생각하세요?"

"기억력은 확실히 예전만 못해요. 잘 알던 사람 이름도 금방 생각이 안 나고 물건 둔 곳도 깜빡깜빡 잊어버리죠. 예전엔 남편이랑 애들 챙기면서도 집안 대소사를 다 챙겼는데 지금은 그냥 넘기는 일도 있구요. 얼마 전에는 친구랑 전화 통화를 하는데, 겨우 한 달 전에 했던 약속도 잊어버리고 있었지 뭐예요. 친구가 말을 꺼내고 나서야 아차 하고 생각이 나는데 어찌나 미안하던지."

"친구 분들도 진료를 받아보라고 하세요?"

"아뇨. 자기들은 더하다고 해요. 나이 들면서 그 정도야 당연한 거 아니냐고. 지금도 친구들 사이에선 제가 적극적인 편이고 모이면 즐거워요. 그런데 가족들에겐 미안하기도 하고 자꾸 위축되네요."

그녀의 가족에 대해 자세히 물어본 적은 없었다. 오늘 들어

보니 남편은 통신 회사의 중역이었다. 두 딸은 직장을 다녔고 미혼이지만 각자 따로 살고 있다고 했다.

"저는 영문학을 공부했어요. 이래 봬도 제가 대학원까지 나왔거든요. 학교를 다닐 땐 작가나 선생님이 되고 싶었지요. 결혼 후에 꿈을 접었지만. 그래도 예전엔 제가 나이에 비해 새로 배우는 것도 잘했어요. 그런데 이젠 딸들이 엄마가 뒤처지는 게 싫다고 해요. 예전엔 그렇게 똑똑했던 엄마가 바보가 되어가는 것 같다고. 컴퓨터나 스마트폰도 잘 다루지 못하고…."

"남편 분은 뭐라 하세요?"

"남편은 나이 들수록 머리를 더 쓰고 노력해야 하는데 왜 노력을 안 하냐고 그래요. 젊어서는 제가 남편보다 더 성적도 좋고 계산도 잘했어요. 남편은 지금도 회사 경영을 하고 있지만, 저는 집안일만 하다 보니 저만 이런 문제가 생기는 것 같아 속상하기도 하네요. 힘들어도 공부를 그만두지 말았어야 했는데 하고 후회도 되고. 지금이라도 책도 더 읽고 다시 공부를 시작해볼까 하는 생각도 있는데 머리에 들어오질 않아서 힘들어요."

그녀는 한숨 섞인 말을 이어갔다. 평소보다 목소리가 높았다.

"사실 제가 가족들 몰래 보건소에서 치매 검사를 받았어요. 선생님이 결과가 좋다고 걱정 안 해도 된다고 해서 기분 좋게 집에 돌아갔지요. 딸들에게 슬쩍 이야기했더니 왜 그런 결과가 나왔는지 이해가 안 된다고, 당장 큰 병원에 가서 검사해봐야 한다고 그래요. 그런 반응을 보니 자존심도 많이 상하더라구요. 애들은 다들 독립해 있지만 막상 무슨 문제가 생기면 아직도 엄마가 도와주길 바라면서….”

순간 의사의 얼굴이 달아올랐다. 그녀는 자신을 이해해주지 못하는 남편과 딸들에게 느낀 서운함을 토로하고 있었다. 나이가 들면서 기억력과 학습 능력이 떨어지는 것은 흔한 일이다. 하지만 그녀의 자존감을 떨어뜨린 것은 자신의 기억력이 아니라 가족들로부터 느끼는 소외감이었다.

“잊어버린다는 게 나쁜 것만은 아니에요. 아르헨티나 작가 보르헤스의 소설을 보면 말에서 떨어지는 사고를 당한 뒤 모든 것을 기억하게 된 남자가 나와요. 자기 인생의 모든 순간과 느낌들을 기억하는 거죠. 그런데 이런 특별한 능력 때문에 이 사람은 오히려 불행해졌어요. 끝없이 밀려드는 기억 때문에 너무 예민해져서 견디기 어려웠던 거죠.”

그녀는 이전처럼 담담한 표정으로 돌아가 그의 이야기를 들었다.

“적당히 잊어버려야 새로운 것을 기억할 수 있어요. 사람은 망각의 동물이라고 하잖아요. 박정숙 씨는 치매가 아니에요.

나이가 들면서 건망증이 생기는 것은 일반적인 일입니다. 엠알아이 검사는 필요 없을 것 같네요."

검사가 필요 없다는 말에 가족 이야기를 하며 어두워졌던 그녀의 표정이 밝아졌다.

"그럼, 원장님 말씀만 믿고 갈게요."

진료실을 나가는 그녀에게 의사는 냉랭한 말투로 한마디 덧붙였다.

"기분이 우울하면 기억할 기운도 없어져요. 당분간 남편 분 밥 차려주지 마세요. 따님들에겐 결혼할 때 혼수는 본인들이 알아서 장만하라고 하시구요."

"아유 참 원장님도."

환한 표정으로 킥킥거리며 엄지손가락을 쑥 세우고 돌아서는 그녀를 보며, 그는 오늘 어머니에게 전화라도 해야겠다고 생각했다.

동명의 소설을 원작으로 한 영화 〈스틸 앨리스Still Alice〉는 알츠하이머 치매 환자의 이야기다. 질병으로 기억을 잃고 서서히 망가져 가면서도 여전히 앨리스로 남고자 하는 노력을 섬세하게 표현한 줄리안 무어Julianne Moore는 이 영화로 아카데미와 골든글로브 여우주연상을 수상했다. 그녀는 아카데미 여우주연상을 수상하며 "늘 고립되어 있고 소외받고 있다고 느끼는 알츠하이머 환자들에게 영화를 통해 혼자가 아니라고 느끼게 해줄 수 있다는 것이 가장 멋진 일이었다"고 말했다. 무어의 소감에서 알 수 있듯이 치매를 앓는 환자는 기억력과 인지 기능이 떨어지면서 생길 수밖에 없는 사회적 고립을 두려워한다.

문제는 스스로 처하는 고립만이 아니다. 치매가 심해지면 일상생활 능력을 상실할 뿐 아니라 감정 조절 능력이 떨어지거나 인격이 퇴행하면서 가족이 알고 있던 사람과 전혀 다른 사람이 되어간다. 이 과정에서 간병을 담당하는 배우자나 자녀는 병세가 진행되는 수 년간 서서히 상실이 누적되는 가슴 아픈 경험을 하게 된다. 대표적인 치매인 알츠하이머 병을 "롱 굿바이"라고 부르는 이유다. 이렇게 질병으로 인해 오랜 기간 동안 가족이 경험하게 되는 상실은 치매에 대한 부정적 인식과 두려움의 원인이 된다. 2014년에 실시된 '전 국민 치매 인식도 조사' 결과, 연령이 높아질수록 치매에 대한 부정적 인식이 높았으며 50대 이상은 치매를 가장 두려운 질환으로 꼽았다.

평균 수명이 늘고 고령화가 급격히 진행되면서 치매의 유병률은 가파르게 증가해왔다. 보건복지부의 '2014년 치매 유병률 조사'에 의하면 65세 이상 노인의 9.6퍼센트가 치매를 앓고 있으며, 80세가 넘으면 10명 가운데 3명이 치매 환자가 된다. 이는 최근 정부에서 치매 국가책임 정책을 추진하게 된 배경이기도 하다. 하지만 늘어나는 치매 환자가 충분한 돌봄을 받기에는 재원 마련 등 정책의 현실성에 문제점이 있다는 지적이 많다. 이런 상황에서 기억력이 예전만 못함을 느끼는 노인들에게 치매는 암보다 무서운 질환일 수밖에 없다.

치매 환자의 경우 대부분 기억력 저하 증상이 있지만, 기억력이 떨어진다고 물론 모두 치매는 아니다. 그 사람 이름이 뭐였더라? 집 열쇠가 분명 여기 어디에 있었는데? 내가 뭘 하려고 부엌에 왔었지? 이렇게 무언가를 깜빡하는 일은 누구나 겪는 일이다. 문제는 이런 증상이 나이가 들수록 더 자주 나타난다는 것이다. 기억나지 않는 일이 잦아지면 단순한 건망증이 아니라 치매의 초기 증상은 아닌지 불안해진다.

건망증의 경우 전체적으로 어떤 일이 있었는지는 기억이 나지만 자세한 부분들을 잊어버리고, 옆에서 귀띔해주면 대부분 잊었던 사실을 기억해낸다. 반면에 치매 환자는 어떤 일이 있었다는 사실 자체를 기억하지 못하고, 힌트를 줘도 기억해내지 못하는 경우가 많다. 또한 노화에 따른 건망증은 기억 능력에만 문제를 일으킬 뿐 다른 인지 능력에는 영향을 미치지 않는다. 일상적인 생활을 수행하는 데는 큰 지장이 없는 것이다. 이와 달리 치매 환자는 기억력 외에도 공간지각력, 계산 능력, 판단 능력 등이 떨어지고 일상생활 수행에도 문제가 생긴다.

건망증		치매
전체적으로 기억나지만 세세한 것은 기억이 안 난다	Vs.	사실 자체를 기억 못 한다 힌트가 주어져도 모른다
기억 능력만 떨어진다		기억력·공간지각력·판단력 ·계산력 떨어진다

건망증은 기억해야 할 것들에 비해 뇌의 기억 용량이 상대적으로 부족할 때 나타난다. 그러므로 건망증이 심해졌다면 뇌가 너무 많은 일을 하느라 지친 것이 아닌가 살펴볼 필요가 있다. 과도한 스트레스 상태나 우울증을 겪고 있을 때 건망증이 생기는 것도 같은 이유 때문이다. 나이가 들고 기억 용량이 줄어들면서 건망증을 경험할 수도 있다. 하지만 나이가 들면서 자연스럽게 생기는 건망증은 치매로 발전하지 않는다. 다만 단순한 건망증이라 하더라도 횟수가 잦아

지거나 정도가 지나치면 건망증과 치매의 중간 단계인 '경도 인지 장애'의 가능성이 있으므로 전문가를 찾아 평가를 받아 보는 것이 좋다. 치매 여부를 확인하기 위해 MRI와 같은 특수한 검사가 항상 필요한 것은 아니다. 가장 중요한 검사는 인지 기능에 대한 평가다. MMSE Mini-Mental State Examination가 대표적인데, 검사지를 이용한 짧은 인터뷰 형식으로 병원 외에 보건소의 치매상담센터 등에서도 쉽게 받을 수 있다.

맥주와 황제병

통풍, 참을 수 없는 통증의 괴로움

"하나! 둘! 셋!" 우렁찬 구령 소리가 울려 퍼졌다. 도복 입은 아이들이 구령에 맞춰 제법 매섭게 주먹을 뻗었다. 아이들 이마에는 땀이 송골송골 맺혔고, 공기에는 시큼한 땀 냄새가 배어 있었다. 임명진 씨는 관장실 의자에 엉거주춤 앉아 도장 안을 바라보았다. 일요일이었지만 대회에 출전할 아이들의 특별 수업이 있어서 도장에 출근한 상태였다. 여느 때라면 직접 구령을 붙이며 아이들의 품새를 바로잡아주고 있었을 것이다. 하지만 오늘 명진 씨에게는 불가능한 일이었다.

'이게 다 그 멀대 같은 검도 때문이다.'

통증이 다시 심해지는 것 같아 임명진 씨는 얼굴을 찌푸렸다. 오른쪽 엄지발가락은 아직 퉁퉁 부어 있었다. 오후에 진통제를 두 번이나 먹었지만 나아지는 건 잠시뿐이었다. 그래도 오늘 새벽을 생각하면 지금 상태는 양반이었다. 잠에서 막 깨었을 때는 자는 동안 누군가 프레스나 망치 같은 걸로 발가락을 짓뭉개 뜯어낸 것이 아닌가 싶을 정도로 아픔이 극심해 소리를 지를 뻔했다. 눈을 뜨자마자 자리에서 벌떡 일어나 발가락을 내려다보았다. 발가락은 제자리에 있었지만 빨갛게 부어오른 상태였다. 일어나서 걸어보려 했지만 바닥에 발을 딛는 것 자체가 불가능했다.

119를 부른 건 난생 처음이었다. 기다리는 짧은 순간이 영원처럼 길게 느껴졌다. 발가락이 붙어 있는데 어떻게 이렇게까지 아플 수 있는지 도통 이해가 되지 않았다. 구급차가 조금 더 늦게 도착했다면 구급대원을 붙잡고 엉엉 울었을지도 모른다. 응급실 의사는 잠에서 덜 깬 듯한 얼굴로 발가락을 보더니 한마디 툭 던졌다. 통풍이네요. 임명진 씨에게 원인이 뭔지는 중요하지 않았다. 발가락이 잘근잘근 씹히는 것 같은 통증에서 벗어나는 것이 우선이었다.

진통제를 맞고 아픔이 가라앉으면서 작년 건강검진 때 들었던 통풍이 생길 수 있다는 말이 생각났다. 혈액 속에 있는 요산이라는 성분이 높아져서 관절에 쌓이는 병이라고 했다. 요산이 높다고 해도 대개 증상은 없지만 일단 통풍이 생기면 통증이 심하다고도 했다. 그때는 의사가 겁을 주려고 과장한다고 생각했는데 막상 겪어보니 그저 심한 정도가 아니었다. 경험할 수는 없겠지만 애를 낳을 때 진통이 이만할까. 언젠가 찾아올 수 있는 통증에 대해 그때 훨씬 더 심각하게 경고해주었어야 했다. 임명진 씨는 좀 더 강조해 설명해주지 않았던 의사를 다시 찾아가 멱살이라도 잡고 싶은 심정이었다.

"통풍 발작은 보통 과음한 다음에 생깁니다. 당분간 술을 끊으셔야 해요."

응급실 의사가 여전히 잠이 덜 깬 듯한 표정으로 무심히 말했다. 그러니까 멀대 같은 검도관장이 아니었으면 평소보다 술을 많이 마실 일도 없었을 것이고, 과음을 하지 않았다면 밤중에 빌어먹을 통증 때문에 깨지도 않았을 테니, 지금 응급실에서 이 고생을 하고 있는 건 전적으로 그 인간 때문인 것이다.

임명진 씨가 화니프라자 이 층에서 태권도장을 운영한 것은 삼 년째다. 사범으로 나름 오랜 경력을 쌓았지만 막상 관장 입장이 되니 사범을 고용하는 것부터 차량 운영과 같은 사소한 일들까지 신경 써야 할 일들이 너무나 많았다. 무엇보다 힘든 것은 아이들의 부모를 대하는 일이었다. 태권도장을 다니는 것은 아이들이지만 실제 고객은 부모라 할 수 있다. 부모의 마음을 잡기 위해서는 적당한 영업이 필수였지만 마음에 없는 말은 못하는 성격이라 가정통신문을 만들거나 문자를 보내는 것도 쉽지 않았다.

도장을 인수하고 처음 일 년간은 원생이 늘지 않았다. 하지만 아이들의 실력 향상에 집중함과 동시에 예의를 강조하는 교육 방침이 입소문을 타면서 숫자가 조금씩 늘어 지금은 백 명 남짓한 아이들이 도장을 다니고 있다. 아직 대출금이 남았지만 대출 이자와 도장 운영비를 제외하고 저축도 할 수 있는 정도의 벌이가 되었다. 이대로라면 몇 년 내에 대출금도 갚을 수 있으리라 생각했다. 불과 삼 개월 전 같은 층에 검도장이 생기기 전까지는.

임명진 씨에게 태권도와 검도는 예수와 마호메트만큼이나 동떨어진 것이었지만 아이와 부모들이 보기에는 둘 다 체력 단련을 위한 운동일 뿐이었다. 맞벌이 부모에게는 방과 후에 아이들을 맡아주는 곳이기도 했다. 그러므로 부모들이 같은 건물에 있는 태권도장과 검도장 중 어떤 곳을 선택할까 고민하거나 태권도장에 다니던 아이를 검도장으로 옮겨볼까 저울질하는 것은 흔한 일이었다. 아니나 다를까, 지난 삼 개월 동안 원생이 열 명이나 줄었다. 며칠 전에는 검도복을 입은 낯익은 아이를 복도에서 마주치기도 했다. 지난달까지만 해도 태권도장을 다니던 아이는 명진 씨의 눈길을 피해 복도 반대편으로 종종걸음을 쳤다.

이런 상황에서 상가 번영회 모임이 반가울 리 없었다. 화니프라자 번영회에서는 두 달에 한 번씩 회의를 하는데, 말이 회의지 실제로는 친목 도모를 위한 회식 자리다. 게다가 이번 모임에서는 새로 오픈한 검도관장 환영회를 한다고 했다. 이번에는 빠질까 생각했던 명진 씨는 환영회 소식을 듣고 이내 마음을 고쳐먹었다. 적을 알아야 전략도 세울 수 있는 법이다.

"검도장 최 관장님은 운동하는 사람 같지 않게 어째 얼굴이 해사하시오."

번영회 회장인 일 층 대신부동산 홍영자 씨가 살가운 웃음을 지으며 말했다. 이곳에 입점한 상가는 대부분 이 부동산을 거쳤기에 홍영자 씨는 모든 상가와 친분을 유지하고 있었다. 상가별 매출부터 어느 집 직원이 그만두었다는 사소한 일까지 그녀는 이 건물에서 누구보다 먼저 소식을 들었다. 그리고 일단 그녀의 귀에 들어간 소식이 상가의 모든 사람들에게 전해지는 건 시간문제였다.

검도관장은 185센티미터는 되어 보이는 키에 호리호리한 체형이었다. 흰 피부에 남자가 봐도 잘생긴 얼굴은 초등학생 엄마들의 호감을 얻을 만했다. 그건 앞으로도 그가 태권도장의 매출에 걸림돌이 될 여지가 많다는 의미였다. 임명진 씨는 그가 영 마음에 들지 않았다.

"근데 태권도랑 검도 중에 뭐가 더 센가요?"

술잔이 몇 순배 돌고 불판에 돼지 목살이 먹기 좋게 익어갈 때쯤 일 층 편의점 사장이 뜬금없는 질문을 던졌다. 밤새 편의점을 지키는 탓에 그의 얼굴은 늘 다크서클을 달고 있었는데, 오늘은 아내에게 가게를 맡기고 왔다고 했다.

"맨 손으로 싸우면 태권도, 손에 쥘 수 있는 게 있다면 검도가 아닐까요?"

삼 층의 최강수학학원 원장이 신중하게 대답하자 몇 사람이 동의한다는 듯 고개를 끄덕였다.

"쌈박질하려고 운동하는가? 정신 수양이 중요하지. 정신 하면 검도 아니겠어? '길 도' 자를 쓰잖아. 검술이 정신 수양을 도모하는 과정이란 뜻이지. 그렇지, 최 관장?"

혀를 차며 대화에 끼어든 것은 같은 층 한돌기원 원장이었다. 검도관장은 말없이 빙긋 웃음을 지을 뿐이었다. 태권도의 도 자는 그럼 '섬 도' 자라도 된다는 건가. 임명진 씨는 부아가

치밀어 술잔을 들이켰다.

"그나저나 우리 임 관장님은 오늘 술이 잘 받으시나. 시원 시원하게 들이키시네. 다른 건 몰라도 우리 상가에서 주량은 검도보다 태권도가 더 센 게 확실해."

홍영자 씨가 너스레를 떨자 모두 와르르 웃음을 터뜨렸다. 임명진 씨는 난처한 웃음을 지으며 연거푸 술을 들이켤 수밖에 없었다.

같은 건물에 있었지만 반딧불 의원을 직접 방문한 것은 처음이었다. 간호조무사 김희정 씨가 일그러진 그의 얼굴과 걸음걸이를 보고 눈을 동그랗게 떴다.

"아이들 가르치다 부딪히셨어요?"

"아뇨. 그게 아니고, 어젯밤에 응급실에 갔는데 통풍이라고 하더라구요. 아직도 통증이 심해서…."

임명진 씨는 기어들어가는 목소리로 말했다. 김희정 씨도 어제 회식 자리에 함께 있었기에 그가 평소보다 술을 많이 마셨다는 걸 알고 있었다. 술을 마시지 않는 그녀는 분위기를 더 잘 느꼈을 것이다. 번영회 모임에서도 늘 다른 사람들을 먼저 살피고 배려하는 김희정 씨 같은 사람이라면 그가 새로 온 검도관장을 불편해하는 걸 눈치챘을지도 모른다. 그는 속마음을 들킨 것 같아 얼굴이 화끈거렸다.

"예전엔 잘 먹고 잘사는 사람들만 걸리는 병이었죠. 그래서 '황제 병'이라고 불러요."

절뚝거리며 진료실에 들어온 그에게 몇 가지 질문을 하고 나서 의사가 말했다. 임명진 씨는 무슨 뜻인지 얼른 이해하지 못하고 그의 얼굴을 쳐다보았다.

"통풍 말이에요. 술과 고기에 요산을 높이는 성분이 많거든요. 비만한 사람이 많이 걸리기도 하구요. 체중 문제는 관장님에게 해당되는 건 아니지만, 요산이 높은데 어제처럼 고기 안주에 과음하는 것은 좋지 않아요. 이 차로 곱창 집에 가셨다면서요? 내장에도 같은 성분이 많아요. 어제 같은 경우는 통풍 발작을 부르는 음식의 교과서적인 조합이라 할 수 있겠네요."

마른 체형의 의사는 엷은 미소를 머금고 있었다. 가끔 번영회 모임에서 마주친 적이 있지만 그가 술 마시는 걸 본 적은 없었다. 술 마시는 기분을 모르니 쉽게 말할 수 있겠지. 키만 컸지 틀림없이 사내다운 운동이라곤 해본 적이 없을 거라고 임명진 씨는 생각했다. 평소의 그라면 가르치는 듯한 말투와 표정이 못마땅해 당신은 고기나 곱창 안 먹느냐고 볼멘 대꾸라도 했을 것이다. 하지만 욱신거리는 통증만 빨리 나아질 수 있다면 고까운 훈계쯤은 얼마든지 참아낼 수 있을 것 같았다.

"아직 열감이 많네요. 통증이 가라앉을 때까지 발을 되도록 움직이지 않는 게 좋습니다. 얼음찜질도 도움이 될 거예요. 염증을 가라앉히는 약을 처방해드릴 테니 드시고 닷새 뒤에 다시 오세요."

머뭇거리던 명진 씨가 어렵게 입을 열었다.

"저… 제가 맥주를 좋아하는데 맥주가 요산을 높인다고 해서 그동안 줄창 소주만 마셨거든요. 그런데도 이런 일이 생겨서 당황스럽네요. 맥주를 안 마셔도 통풍이 올 수 있나요?"

의사는 어이없다는 듯한 표정으로 그를 바라보고는 쓴웃음을 지었다.

"맥주가 요산을 더 높이는 건 맞지만 다른 술도 다 마찬가지예요. 요산 수치가 낮아질 때까지 술은 끊어야 합니다. 소주, 양주, 와인, 막걸리 뭐든 다요. 술 대신 물을 많이 드세요. 한 번 더 통풍 발작이 생기면 요산 낮추는 약을 평소에도 계속 드셔야 할 겁니다."

임명진 씨는 풀이 죽어 엉거주춤 일어섰다. 새벽의 통증을 떠올리면 당장은 술병도 쳐다보기 싫었지만 평생을 멀리할 수 있을지는 자신이 없었다. 진료실 구석에 가운을 입고 선 인체 모형이 측은한 표정으로 그를 바라보는 것처럼 느껴졌다. 또다시 울고 싶은 심정이었다.

통풍痛風, gout은 요산이 체내에 과하게 축적되어 생기는 병이다. 아플 통, 바람 풍. 바람만 불어도 아픈 병이라는 뜻이다. 이름에서 알 수 있듯이 통증이 극심해서 요로결석, 치수염과 함께 통풍을 3대 급성 통증의 하나로 꼽기도 한다. 악마가 발가락을 물어뜯는 것으로 통풍을 표현한 18세기 영국 화가 제임스 길레이James Gillray의 그림을 보면 그 통증이 얼마나 심한지 짐작할 수 있다. 그림에서 볼 수 있듯이 통풍 발작은 발가락이나 발목 등의 관절에 가장 흔하게 생긴다. 요산이 과하게 만들어지거나 배출이 안 되어 몸에 쌓이면 결정 형태로 침착이 되는데 이러한 요산 결정체가 관절에 쌓이면 염증을 일으켜 발작이 진행된다.

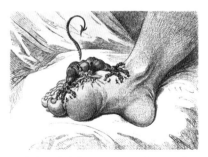

제임스 길레이, 〈통풍The Gout〉, 1799년

요산이 높아지더라도 통풍 발작이 바로 생기는 경우는 드물고, 대개 증상이 없는 고요산혈증 상태가 수 년간 지속된다. 이 시기에 원인을 관리하지 않으면 시간이 갈수록 실제 증상이 생길 가능성이 높아진다. 유전적인 요인 이외에 대표적인 원인은 비만이다. 그러므로 혈중 요산 수치가 높은 비만 환자의 경우 체중을 줄이는 것이 우선이다. 식단 관리도 중요하다. 요산을 만드는 물질인 퓨린purine이 많이 들어 있는 음식을 피해야 하는데, 동물의 내장이나 간이 대표적이다. 과당이 많이 포함된 청량음료나 과자도 삼가야 할 음식이다. 등 푸른 생선이나 오징어, 새우 등의 해산물에도 퓨린이 많이 들어 있지만 이들은 건강에 이로운 측면도 있으므로 지나치게 제한할 필요는 없다. 고단백 식품인 육류 역시 균형 있는 식단을 위해 꼭 필요한 식품이지만 요산을 높이는 원인이 될 수도 있으므로 과하게 먹지 않도록 한다. 한편 평소 물을 많이 마시는 습관은 요산 배출을 쉽게 만들기에 통풍 발작의 위험을 줄일 수 있다.

무엇보다 피해야 할 것은 술이다. 퓨린 함량이 가장 높은 술은 맥주이지만 다른 술도 요산의 배출을 감소시켜 통풍 위험을 높일 수 있으므로 모든 술은 금기다. 통풍 발작의 위험은 알코올의 양에 비례해 높아지며, 과음을 한 뒤에는 알코올 자체의 효과뿐 아니라 탈수 현상으로 인해 더 문제가 된다. 평소 요산 수치가 높았던 사람이 삼겹살이나 치킨을 안주로 과음을 한 다음 날 새벽에 발가락이 퉁퉁 부어 응급실을 찾는 것이 전형적인 통풍 발작 스토리다.

일단 통풍 발작이 생기면 재발이 흔하다. 반복되면 관절이 망가지므로 애초에 통풍의 원인을 다스려 증상이 생기지 않도록 예방하는 것이 중요하다. 하지만 최근 연구들에 따르면 식이 조절을 통해 낮출 수 있는 요산 수치에는 한계가 있다. 그러므로 통풍이 재발하면 관절 손상을 막기 위해 요산을 낮추는 약을 처방 받아 복용할 필요가 있다.

떨림의 의미

파킨슨병과 본태성 떨림

"수녀님, 어쩐 일이세요?"

김희정 씨의 눈이 동그래졌다. 출입문 앞에 마르타 수녀가
서 있었다. 마르타 수녀는 상가 건물에서 좀 떨어진 곳에서 알
코올의존증 환자들의 자조 모임을 주재해왔는데, 그 모임에
봉사 활동을 나갈 때나 만날 수 있었다. 수녀가 반딧불 의원을
직접 찾은 건 개원식 이후 처음이었다.

"내가 너무 늦은 시간에 찾아온 거 아닌가 몰라요."

"무슨 말씀을요. 진료 끝나려면 세 시간은 더 있어야 하는
걸요. 마침 적당한 때 오셨어요. 이 시간엔 환자가 뜸하거든요."

"그동안 잘 지냈어요?"

"저야 하루하루 똑같아서 심심한 일상이에요. 수녀님은요?"

"좋다는 뜻으로 들리네요. 내 나이가 되면 큰 변화가 없는 게 다행스러운 거죠. 하루하루 탈 없이 보내는 것만도 감사해야 할 일이에요." 마르타 수녀는 습관처럼 성호를 그었다.

"이 나무, 그때 그 아이 맞지요? 많이 자랐네요."

수녀가 가리킨 화분은 개원식 날 그녀가 보낸 것이었다. 그날 수녀는 이런 말을 건넸다. 행운목은 십 년에 한 번쯤 꽃을 피우는데 꽃이 피면 행운이 찾아온다고. 이후로 일주일에 한 번씩 화분에 물을 주는 것은 김희정 씨의 일과 중 하나였다. 그동안 나무의 키는 몇 뼘쯤 자랐고 파릇한 색깔도 선명해졌지만 꽃이 필 기미는 보이지 않았다. 그녀는 분무기로 물을 뿌린 뒤 잎을 닦아주며 이 나무에 꽃이 피는 걸 볼 수 있을까 생각하곤 했다.

절망에 빠져 허우적거리던 그녀를 기슭으로 인도해준 사람이 마르타 수녀였다. 술에 취해 십자가에 대고 욕이라도 하려고 들어갔던 성당에서 수녀를 만나지 못했다면 그녀는 지금 세상에 없을지도 모른다. 남들처럼 평범하게 사는 건 불가능한 꿈이라 생각했지만 지금은 달라졌다. 이제 그녀에게는 이곳에서 보낸 것보다 더 긴 시간 이후의 미래를 상상하는 것도 가능했다. 평범한 삶을 지속할 수만 있다면 꽃이 피는 것쯤 보지 못해도 상관없다.

"수녀님 오셨어요?"

진료실 쪽에서 들리는 익숙한 목소리에 김희정 씨의 회상이 멈췄다. 그러고 보면 그녀를 기슭으로 끌어올린 건 마르타 수녀만은 아니었다. 그와 함께 일하기 시작한 뒤로 아버지를 피해 동생과 함께 벽장에 들어가던 어린 시절 꿈을 꾼 적은 없었다.

"이 선생님, 옛날이야기 좀 해도 될까요?"

진료실 책상을 사이에 두고 의사와 마주앉은 수녀는 대답을 기다리지 않고 말을 이었다.

"어릴 적 외갓집에서 살았어요. 한 삼 년 정도였나. 마당에 큰 감나무가 있는 집이었어요. 가을이면 주홍빛 감들이 가지가 휘어지도록 열렸지요. 외할아버지는 감을 따다가 옆에서 신이나 팔짝팔짝 뛰는 나를 보며 크게 웃곤 하셨어요. 외할아버지가 날 참 많이 예뻐해주셨지요. 당신에게 첫 손녀였으니까요. 저를 자전거 뒤에 태우고 온 동네를 돌아다니셨는데 아마 동네 친구 분들께 자랑하고 싶으셨나 봐요. 저녁 해가 뉘엿뉘엿 넘어갈 때 자전거 뒷자리에서 할아버지 허리춤을 꼭 붙

잡고 집으로 돌아오며 보던 풍경이 생각나네요. 할아버지 콧노래 소리도요."

수녀는 지그시 미소를 머금었다.

"학교에 입학하기 전에 어깨 너머로 한글을 배웠는데 간판에 써 있는 글자를 곧잘 읽곤 했지요. 외할아버지께선 종종 눈이 어두워져 글자가 안 보인다고 제게 신문을 읽어달라 하셨어요. 사실은 또박또박 신문을 읽는 손녀딸 목소리를 듣고 싶으셨던 거지요. 아버지 얼굴도 몰랐던 내게 외할아버지는 아버지와 같은 존재였어요."

의사는 수녀의 이야기에 리듬을 맞추듯 가늘고 긴 손가락으로 천천히 책상을 두드렸다.

"독일에서 학창 시절을 보내고 어머니와 한국으로 돌아왔을 때 난 고등학생이었지요. 공항에 도착했을 때 외삼촌이 마중을 나오셨어요. 외할아버지는 며칠 뒤 외갓집에 내려가서야 뵐 수 있었는데 예전에 내가 알던 분이 아니었어요. 어렸을 적 기억엔 항상 환하게 웃어주셨는데 십 년 만에 날 보고도 무표정한 얼굴로 그냥 왔냐고, 짧게 말씀하실 뿐이었지요. 화가 난 것처럼 보이는 그 표정이 무섭기도 했어요. 그때 왜 와락 겁이 났을까. 십 년 만에 그분을 만난 자리에서 난 제대로 안아드리지도 못했지요."

수녀의 눈에 물기가 어리는 것을 보고 의사는 익숙한 태도로 티슈를 뽑아 그녀에게 건넸다. 그녀는 티슈를 접어 조심스럽게 양쪽 눈가를 눌렀다.

　"그날 나에게 화가 나셨던 게 아니었다는 걸, 그리고 할아버지가 파킨슨병을 앓고 있었다는 걸 알게 된 건 한참 뒤의 일이었어요. 마당 감나무 밑에서 어머니 손을 잡고 구부정한 자세로 아기처럼 종종걸음을 치던 할아버지의 모습이 생각나요. 거실 안락의자에서 하루 내내 앉아 계시던 것도. 팔걸이에 올린 손이 덜덜 떨렸어요. 손 떨림이 심해서 나중엔 혼자 식사하기도 어려워졌지요. 돌아가시기 전 몇 년은 요양원에 계셨구요. 할아버지를 만나고 돌아온 날은 어머니가 많이 우셨어요."

　의사를 바라보는 수녀의 목소리가 가늘게 떨렸다.

　"손 떨림이 심해졌어요. 손이 떨리기 시작한 건 꽤 오래되었는데 요즘 부쩍 더하네요. 아침마다 성경을 필사하는 걸로 하루를 시작해왔는데 이제 그것도 힘들어요. 올 가을부터 허리가 뻐근하고 왼쪽 다리가 저려서 걸음걸이가 불편했는데, 며칠 전 복도를 지나다 우연히 거울에 비친 내 모습을 봤어요. 구부정한 모습이 기억 속의 외할아버지 모습을 닮았더군요. 그러고 보면 내가 한국에 돌아왔을 때 할아버지 연세가 지금 내 나이쯤 되었겠네요. 이 선생님, 난 내가 외할아버지처럼 파킨슨병에 걸린 게 아닌가 걱정이 돼요."

의사는 몇 가지 신경학적 진찰을 한 다음 책상 위의 종이에 간단한 문장을 쓰고 아래에 나선 모양을 그리도록 했다. 볼펜을 잡은 마르타 수녀의 손과 함께 종이 위의 글자와 나선도 물결처럼 흔들렸다.

"수녀님께선 파킨슨병에 걸린 게 아니에요."

"그럼 왜 손이 떨리는 걸까요."

"본태성 떨림이라고 부르는 질환입니다. 왜 생기는지 이유는 잘 모르지만 유전적인 성향이 있다고 해요. 부모님도 비슷한 증상이 있었나요?"

"어머니는 없으셨지만 아버지는 확실치 않아요."

"파킨슨병으로 인한 떨림은 대개 가만히 있을 때 생기지만, 본태성 떨림은 글씨를 쓸 때나 숟가락을 사용할 때, 물컵을 들 때처럼 손으로 일을 할 때 생겨요. 걷는 데 문제가 생기지도 않구요. 생활하는 데는 불편함이 있을 수 있지만 파킨슨병처럼 심각한 질환은 아닙니다."

"아, 정말 다행이에요." 마르타 수녀는 한숨을 내쉬고 성호를 그으며 말을 이었다.

"또 하나 걱정은… 술을 마시면 손 떨림이 멎더라구요. 그래서 요즘 술을 자주 마시게 되네요."

"본태성 떨림은 술을 마시면 좋아지는 특징이 있어요. 그렇다고 술을 드시라는 이야긴 아니구요."

의사는 말을 끊고 자신의 손을 내려다보았다.

"수녀님도 아시겠지만 손 떨림은 알코올의존증 환자에게도 흔한 증세죠. 저도 아직까지 증상이 남아 있어요. 술을 한 방울도 안 마신 지 오래지만 지금도 긴장하거나 피곤하면 떨리곤 합니다. 사람들이 알아챌까봐 떨림이 느껴질 때마다 손가락으로 어딘가를 두드리던 게 버릇이 되어버렸네요."

"난 전혀 몰랐어요."

"같은 손 떨림인데 수녀님은 술을 드시면 낫고 저는 술을 마시면 나빠지는군요. 하느님도 무심하시지."

그는 한숨을 내쉬며 고개를 들어 천장을 쳐다보았다. 푸념 섞인 말투에 마르타 수녀는 웃음을 터뜨렸다.

"술보다 더 효과적인 약을 처방해드릴께요."

수녀는 고개를 끄덕였다.

"다음 번 자조 모임 때는 나와줄 거지요? 사람들이 이 선생님 소식을 궁금해 해요. 처음 밤에 여는 병원을 열겠다고 했을 때는 세상과 관계를 끊고 싶어하는 거구나, 생각했어요. 스스로 유배지를 택하는 것 같기도 했구요. 그런데 다시 와서 보니 그동안 나름의 방식으로 세상과 이야기를 하고 있었다는 생각이 드네요. 이 선생님은 진료실에 있을 때 가장 좋아 보여요."

"그런 거창한 생각까지 한 건 아니었어요. 그저 밥벌이를 해야 하고 밤에 일하는 게 편했을 뿐입니다."

"또 저런 무심한 말투. 그나저나 밥 잘 챙겨 먹어요. 혼자 산다고 매번 냉동식품 같은 걸로 대충 때우지 말고."

마르타 수녀가 진료실을 나왔을 때 김희정 씨는 천장을 바라보고 있었다. 천장의 형광등이 깜빡거렸다.

"형광등 간 지 얼마 안 된 것 같은데. 오래된 건물이라 배선도 시원치 않은지 자주 말썽이에요."

혀를 차며 고개를 젓던 그녀가 처방전과 함께 데스크 위에 놓여 있던 작은 갈색 종이 가방을 수녀에게 건넸다.

"지난달 강릉에 다녀왔는데 거기서 수녀님 생각이 나서 샀어요. 커피 좋아하시잖아요. 다음에 드려야지 했는데 마침 오늘 뵙게 되네요."

"고마워요, 안나. 난 매번 받기만 하네요."

"향기가 좋다고 너무 많이 드시진 마세요, 수녀님. 카페인이 든 음료를 많이 드시면 손 떨림이 심해질 수 있거든요."

뒤따라 나온 의사의 냉랭한 말투에 김희정 씨는 마르타 수녀를 바라보고 어깨를 으쓱하며 혀를 쑥 내밀었다.

"어머, 꽃망울이 맺혔네. 곧 꽃이 필 것 같아요."

행운목 잎을 찬찬히 바라보던 수녀가 탄성을 질렀다. 그녀의 손짓에 김희정 씨도 신기한 듯 꽃망울을 바라보았다.

"내년엔 좋은 일이 있을 건가 봐요."

"안나 씨, 혹시 국수 얻어먹을 일 생기는 거 아니에요? 좋은 사람 생기면 나한테 꼭 알려줘야 해요."

"아유, 수녀님도. 생각만 해도 가슴이 떨리네요."

두 눈이 동그래진 김희정 씨의 얼굴이 붉게 달아올랐다. 마르타 수녀의 장난기 가득한 웃음소리가 대기실을 가득 채웠다. 대기실 천장의 형광등이 웃음소리에 박자를 맞추듯 깜빡였다.

본태성 떨림Essential Tremor은 가장 흔한 떨림증 가운데 하나다. 흥분하거나 불안할 때 몸을 떠는 것은 누구나 겪는 현상이지만 본태성 떨림의 경우에는 이런 상황과 무관하게 떨림이 발생한다. 주로 손이나 고개를 떨게 되며, 상염색체 우성으로 유전되어 가족 구성원 중에 동일한 증상이 있는 경우가 많다.

손 떨림이 생기면 중풍이나 파킨슨병을 걱정해 병원을 찾는 사람들이 많다. 병력에 대한 상담과 신경학적 진찰로 비교적 어렵지 않게 이들 질환과 본태성 떨림을 구별할 수 있다. 본태성 떨림은 글씨를 쓸 때, 숟가락을 사용할 때, 컵으로 물을 마실 때와 같이 손을 사용하는 작업을 할 때 주로 나타난다. 반면 파킨슨병은 가만히 있을 때 본인도 모르게 떨림 증상이 나타난다. 또한 본태성 떨림은 떨림 외에 다른 증상이 드물지만 중풍이나 파킨슨병으로 인한 떨림은 보행 장애나 동작 이상 증상을 동반하는 경우가 많다. 파킨슨병의 경우 다리를 끌면서 걷거나 몸동작이 느려지는 등의 증상이 특징적으로 나타난다.

본태성 떨림		파킨슨병
주로 글씨를 쓸 때 숟가락을 사용할 때 등 손을 사용할 때 떨림이 나타난다.	Vs.	가만히 있어도 나도 모르게 떨린다
떨림 외 다른 증상 드물다		몸이 느려지거나 다리를 끌면서 걷는다

본태성 떨림이나 파킨슨병 이외에 갑상선 항진증 등의 질환도 떨림을 유발할 수 있다. 이 경우 체중 감소나 더위를 잘

못 참는 등의 전신 증상이 함께 나타날 수 있으며, 갑상선 기능에 대한 혈액검사로 쉽게 진단할 수 있다. 천식 환자에게 쓰는 기관지 확장제나 기침약도 손 떨림을 일으킬 수 있으므로, 이와 같은 약을 복용하는 경우에는 약으로 인한 증상은 아닌지 의심해보아야 한다.

본태성 떨림은 손이나 고개가 떨리는 증상 이외에 다른 이상은 나타나지 않으며 비교적 심각하지 않은 병이다. 그러므로 증상이 심하지 않고 일상생활에 지장을 주지 않는다면 꼭 치료를 하지 않아도 된다. 약물 치료 효과가 좋은 편이므로 일상생활과 대인 관계에 지장이 생길 정도의 증상이 있다면 의사와 상의하는 것이 좋다. 단기간 치료한다고 완치되지는 않으며 대개 약을 평생 먹어야 하지만 부작용이 심한 약은 아니므로 적절히 복용하면 큰 불편 없이 생활할 수 있다. 술을 마신 뒤에 떨림이 일시적으로 좋아질 수 있지만 술로 치료하려는 것은 금물이다. 알코올의존증이 되면 떨림이 더 심해지기 때문이다.

모친 기억 실종 사건

혹시 어머니가 치매는 아닌가요

"치매, 음식이 답입니다. ○○○생식."

"치매 예방에 특효! 뇌 자극하는 운동법 다섯 가지."

"치매가 궁금하세요? 도움이 필요하신가요? 전국 어디서나 국번 없이 15XX-99△△로 지금 전화주십시오."

김형철 부장은 스마트폰 액정을 껐다. 정보는 넘쳐났지만 막상 도움이 되는 건 없었다. 그는 반딧불 의원 대기실에 나란히 앉은 어머니를 바라보았다. 정부에서 치매는 이제 국가가 책임지겠다고 공언했지만 언제 실현될지는 모르는 일이다. 어머니에게 문제가 생긴 게 맞다면 지금처럼 어머니를 혼자 둘

수는 없는 노릇이었다. 돌볼 사람부터 당장 정해야 했다.

어머니는 건강한 편이었다. 고혈압 약을 복용하고 있지만 다른 지병은 없다. 십여 년 전쯤 교통사고로 병원에 입원한 적은 있었다. 뇌에 피가 고였다고 했지만 다행히 수술까지는 하지 않고 무사히 퇴원했다. 그 이후로 병원에 입원할 정도로 심각한 문제는 없었다. 어머니는 노인들이 많이 걸린다는 독감 한번 걸리지 않았다. 부모의 건강 문제로 고민하는 동료들은 많았다. 암, 중풍, 치매, 관절염, 척추 협착증. 노인이 된 부모를 찾아오는 질병은 참으로 다양했고, 그 소식을 들을 때마다 생각했다. 어머니가 건강하셔서 다행이라고. 하지만 정말 건강하셨던 걸까. 얼마 전까진 그렇게 생각했지만 이제는 확신할 수 없다.

어머니가 살고 있는 전주까지는 자동차로 세 시간이 넘는 거리다. 친가 인근에 사는 동생과 달리 김형철 부장이 어머니를 만나는 것은 기껏해야 서너 달에 한 번이었다. 아버지가 떠나신 후 어머니는 부쩍 기력이 없어 보였다. 지난겨울, 전화 건너편 목소리가 착 가라앉아 있었을 때 어머니는 찬송가를 많이 불러 목이 쉬었다고 했지만 실제로는 몸살로 드러누워 앓다가 전화를 받았는지도 모른다. 어머니의 기억력에 문제가 생긴 것 역시 오래전부터일지도 모른다.

삼 개월 전 어머니는 갑자기 전화를 걸어와 아이들이 보고 싶다고 했다. 손자들에 대한 어머니의 애착은 컸다. 초등학교에 입학하기 전까지 당신이 아이들을 키우다시피 했기에 애착은 당연한 것이었다. 하지만 평소 아이들에 대한 애정을 쉬이 드러내지는 않았기에 어머니의 갑작스러운 전화는 좀 의외였다. 어쩌면 어머니는 본인의 건강에 문제가 생겼다는 걸 이미 알고 있었는지도 모른다.

아이들을 데리고 전주로 내려갈 수는 없었다. 첫째가 고등학생이 되면서부터 아이들을 데리고 움직이는 것은 여간해선 쉽지 않았다. 주말이면 학원 보충수업을 줄줄이 들어야 했고 남는 시간에는 밀린 잠을 보충해 공부에 필요한 체력을 유지해야 했다. 고3이 된 올해는 설 명절에도 내려가지 못했다. 어머니도 사정을 알고 있었기에 최근에는 직접 서울에 올라오곤 했다. 올라와도 손자 얼굴을 보는 건 잠깐뿐이었지만 당신 손으로 손자 먹을 밥 한 끼는 꼭 차려주어야 직성이 풀렸다.

터미널에 도착한 어머니를 모시고 오는 길, 김 부장은 백미러로 어머니의 얼굴을 살폈다. 여느 때와 달리 멍한 표정이었다. 텃밭에 키우는 고구마와 호박, 고추 작황이 잘 되었느니, 집에서 키우는 강아지가 밥을 잘 안 먹느니 등등 평소라면 묻지 않아도 말씀을 쉬지 않았을 텐데. 뒷좌석에 앉은 어머니는 오래지 않아 꾸벅꾸벅 졸기 시작했다. 어머니는 멀미를 많이 하는 편이라 장시간 버스를 타는 걸 힘들어했다. 김 부장은 아내에게 전화해 어머니가 피곤하신 모양이니 미리 자리를 펴두라 일렀고, 집에 도착해 자리에 누운 어머니는 저녁이 되어서야 잠에서 깼다. 문제가 생겼음을 알아차린 것은 거실로 나온 어머니가 음식을 준비하는 아내에게 말을 건넸을 때였다.

"된장찌개 냄새가 좋구나. 냉장고에 애호박이랑 부추가 있을 텐데, 넣었니?"

"어머님, 호박은 넣었는데 부추는 사둔 게 없어요. 드시고 싶으세요? 제가 금방 사올게요."

"아니다. 내가 어제 냉장고에 넣어뒀으니 찾아보면 있을 게다."

순간 아내는 당황스러운 표정으로 김 부장을 바라보았다. 그도 어리둥절해 아내와 어머니의 얼굴을 번갈아 쳐다보았다. 식사를 하면서도 어머니는 평소와 달리 말이 없었다. 그와 아내가 서로 눈치를 살피며 식사를 거의 마쳤을 때 어머니가 문득 생각난 듯 이야기했다.

"너희 사는 아파트는 전셋값이 많이 올라 힘들지 않냐. 서울에선 많이 올랐다고 하던데."

"괘, 괜찮아요."

김 부장은 대답을 얼버무리며 다시 아내의 얼굴을 쳐다보았다. 아내는 이제 거의 울 듯한 표정이었다. 결혼 후 내내 전셋집에 살다가 지금 살고 있는 아파트를 구입해 이사한 게 벌써 오 년 전이었다. 한동안 어머니는 친지들 모임이 있을 때마다 아들이 서울에 큰 평수의 아파트를 샀다고 은근히 자랑을 했다. 하지만 지금 어머니는 그 사실을 전혀 모르는 사람처럼 말하고 있었다. 마치 지난 오 년 간의 기억이 통째로 사라진 것 같았다.

식사를 마친 어머니는 거실에 앉아 텔레비전을 멍하니 보다가 방으로 들어갔다. 밤이 늦더라도 독서실에서 돌아오는 손자를 기다렸다가 얼굴 보고 잠자리에 들던 어머니였다. 하지만 그날은 아이들이 들어오는 소리에도 방에서 나오지 않았다. 아이들에게는 할머니 몸이 안 좋으시다고 둘러댔다. 김 부장이 걱정스런 마음으로 방에 들어갔을 때 어머니는 가방의 옷가지와 소지품들을 모두 꺼내 방바닥에 가지런히 늘어놓고 있었다.

"어머니, 뭐 하세요?"

"이것들은 내 물건이 아닌데 누가 내 가방에 넣어뒀나 보다. 그래서 꺼내놓으려고."

아내는 어머니가 치매에 걸린 게 틀림없다고 했다. 김 부장은 뜬눈으로 밤을 새우며 불 꺼진 거실에 나왔다 들어가기를 반복했다. 어머니가 있는 방 문틈에서는 새벽까지 불빛이 새어나왔고 안에서는 계속 무언가 중얼거리거나 부스럭거리는 소리가 났다. 어머니는 동이 튼 다음에야 잠들었다. 김 부장은 어머니가 자는 동안 몇 번씩 가슴에 귀를 대고 심장박동 소리를 확인했다.

점심시간이 훌쩍 지나 잠에서 깬 어머니는 머리가 좀 아프다고 했을 뿐 평소와 다름없는 모습이었다. 그런데 서울에 올라온 뒤 하루 동안의 일은 기억하지 못했다. 다음 날 김 부장은 휴가를 내고 어머니와 함께 종합병원을 찾았다. 인지기능검사와 뇌 MRI 결과에는 큰 문제가 없다고 했다. 어머니가 진료실을 나간 뒤 그는 참았던 질문을 조심스레 꺼냈다.

"선생님. 혹시 어머니가 치매는 아닌가요?"

"기억력이 약간 떨어져 있긴 하지만 치매라고까지 하긴 어렵습니다. 어제와 같은 증상이 왜 생겼는지는 확실치 않네요. 현재는 큰 이상이 없는 상태니 앞으로 비슷한 문제가 또 생기는지 잘 지켜보세요."

어머니는 병원에서 이상이 없다고 했으니 괜찮다며 집으로 바로 내려가겠다고 고집을 부렸다. 기차역에서 어머니를 보낸 뒤 김 부장은 동생에게 전화를 걸어 어머니를 각별히 챙길 것을 당부했다. 그래도 마음이 놓이지 않아 다음 날부터 매일 같이 동생과 어머니에게 번갈아 전화를 걸어 상태를 확인했다. 다행히도 특별한 변화는 없어 보였다.

사흘 전, 어머니가 다시 서울에 올라오는 날이었다. 생일을 맞은 손자가 좋아하는 고기 전을 해오시겠다 했다. 전화 건너편 어머니의 목소리는 활기가 넘쳤다. 지난번의 기억이 꺼림칙했지만 그동안 수시로 확인한 어머니의 상태에 변화가 없었기에 설마 또 그런 일이 생길까 싶었다. 이번에는 아내도 같이 터미널에 나가기로 했다. 다행히 버스에서 내리는 어머니의 표정은 평소와 다름없어 보였다. 하지만 어머니가 의아한 얼굴로 말을 건넸을 때 그는 가슴이 덜컥 내려앉았다.

"너희가 여기 웬일이냐. 의철이는 어디 가고?"

어머니는 엉뚱하게도 전주에 있는 동생을 찾았다. 여기가 어딘지, 무엇 때문에 왔는지 잊어버린 눈치였다. 그날 저녁은 혼돈의 연속이었다. 어머니는 거실과 주방을 왔다 갔다 하며 밥을 해야 한다고 반복해 중얼거렸고, 김 부장과 아내는 어머니를 안정시키느라 진땀을 흘려야 했다. 밤이 되자 어머니는 침대 다리에 벌레가 기어 다닌다며 걸레질을 되풀이했다. 삼 개월 전처럼 꼭두새벽에 잠들었다가 오후가 되어서야 잠이 깬 어머니는 이번에도 서울에 도착한 이후의 일을 기억하지 못했다. 다시 병원을 찾았지만 이번에도 검사 결과에는 큰 문제가 없었다. 신경과 전문의는 속 시원한 답을 주지 못했다.

"서울의 아드님 댁에 오실 때만 문제가 생기는 거네요. 혹시 아드님이나 며느님과의 관계에 문제가 있지는 않나요?"

아내와 어머니 사이에 문제가 있었던가? 아내는 아이들이 어렸을 때 어머니가 육아를 도맡아주었던 것을 감사하게 생각하고 있다. 그래서 아버지가 돌아가신 뒤로 자주 찾아뵙지 못하는 것을 항상 아쉬워했다. 친 모녀 정도는 아니지만 적어도 흔히 말하는 고부 갈등은 없다고 생각했고 그걸 행운으로 여겼다. 하지만 이제는 모를 일이었다. 김 부장은 입이 바짝 타들어가는 듯했다. 일단 의사의 권유에 따라 정신건강의학과 진료를 예약했다. 돌아오는 길에 저녁을 먹으려고 메밀국수 집에 들렀다. 근방에서는 나름 맛있기로 소문난 집이었고 메밀국수는 어머니가 좋아하는 음식이었다.

"그런데 너 담배 끊었니?"

반딧불 의원이 떠오른 것은 저녁 식사를 하던 어머니가 건넨 말 때문이었다.

"서울에는 저녁에 여는 개인 병원도 있는갑다."

어머니는 김 부장에게 속삭이듯 말하고는 신기한 듯 의원

내부를 둘러보았다. 김 부장은 그를 알아보고 웃으며 눈인사를 건네는 간호조무사에게 다가가 말했다.

"오늘은 제가 아니라 어머니 진료 때문에 왔습니다."

진료실에 들어서자 의사가 일어서서 반갑게 인사를 했다. 헝클어진 반백의 머리에 피로해 보이는 얼굴. 몇 번째 보지만 늘 같은 모습이다.

"잘 지내셨어요? 요즘 피로는 좀 나아지셨나요?"

"네, 그럭저럭 괜찮습니다. 선생님 덕분이죠. 담배도 끊었잖습니까."

"스스로 하신 거죠. 저는 그저 조금 도와드렸을 뿐이구요."

김 부장과 어머니의 얼굴을 번갈아 보던 그가 엷은 미소를 거두며 물었다.

"그건 그렇고, 오늘 어머님은 무슨 일로 오셨나요?"

김 부장은 삼 개월 전, 그리고 어제오늘 이틀간 있었던 일을 조목조목 이야기했다. 갑작스레 생긴 어머니의 증상부터 종합병원에서 검사와 진료를 받았지만 특별한 문제를 찾지 못한 것까지. 김 부장의 목소리는 지쳐 있었다. 의사는 손가락으로 타이핑을 하듯 책상을 가볍게 두드리며 생각에 잠긴 표정으로 그의 이야기를 들었고, 이야기가 끝나자 그가 아닌 어머니에게 질문을 던졌다.

"아드님이 방금 이야기한 내용은 기억이 안 나실 텐데, 서울에 올라온 날의 일을 기억나는 부분까지만 다시 말씀해주시겠어요?"

"글쎄요. 오전엔 교회에서 모임이 있었어요. 성가대를 하고 있거든요. 모임이 끝나고 교회 사람들하고 점심을 먹었지요. 집에 들렀다가 짐을 챙겨 나오기 전에 콜택시를 불렀는데 택시가 늦게 와서 좀 걱정이 되었어요. 예매해둔 버스 시간에 늦을지도 모른다고 생각했거든요. 터미널에 내려 잠깐 화장실에 들렀다가… 요즘은 소변이 자주 마려워서 고속버스를 탈 때는 꼭 미리 들러야 해서요. 다행히 제시간에 버스를 타고 마음이 놓여 잠이 든 것 같은데, 그다음엔 기억이 안 나네요."

그녀는 앞에 앉은 의사가 처음 보는 사람이라는 사실이 떠올랐는지 잠시 머뭇거리며 어색한 웃음을 지었다. 김 부장은 어머니 입가의 주름이 오늘따라 유난히 깊어 보인다고 생각했다.

"선생님도 아시겠지만 이 나이가 되면 몸이 성치 않으니 나들이를 갈 때 준비해야 할 게 많지요. 평소 먹는 약만 해도 한 보따리인데 자주 탈이 나니 상비약도 챙겨야 하고 요즘은 버스 탈 때 어지럼증도 심해져서 멀미약도 붙여야 해요."

"최근 평소 드시는 약에 변화가 있었나요?"

"혈압 약은 먹은 지 오래되었고, 작년부터 당뇨기가 있다고 해서 약을 먹기 시작했어요. 또 뭐가 있나. 방광이 안 좋아서 먹는 비뇨기과 약이랑 관절 약에다가… 잠이 안 와서 가끔 수면제를 먹고 있어요. 하지만 다 옛날부터 먹던 약들인데요."

"서울 오기 전날에도 수면제를 드셨나요?"

"그랬지요. 잠을 설치면 다음 날 정신을 못 차려요. 집에서 야 괜찮지만 서울까지 와서 골골거리면 안 되잖우."

김 부장은 어머니가 먹는 약의 종류와 그 양에 새삼 놀랐다. 고혈압 약 하나 정도일 줄 알았는데, 그동안 어머니 건강에 대해 너무 모르고 있었구나. 어머니의 이야기를 들으며 그는 자책했다.

"서울에 올 때 멀미약은 항상 준비하시나 봐요."

"예전엔 그래도 참을 만했는데. 올봄에 성가대 교우들하고 부산에 놀러갔는데 멀미로 첫날 하루 종일 누워 있었어요. 같이 간 사람들한테도 폐가 되잖아요. 서울에 올라와서 아들 집에 드러누우면 안 되니까, 미리 챙겼지요."

김 부장은 어머니가 평소 먹던 약이 정신 상태와 무슨 상관이 있는지, 왜 의사가 기억력에 대해 묻거나 검사를 하지 않고 다른 질문만 하는지 이해할 수 없었다.

"선생님, 어머니한테 무슨 문제가 있는 걸까요?"

"어머님에겐 문제가 없어요."

"문제가 없다니요?" 김 부장은 당황스러운 말투로 되물었다.

"적어도 걱정하시는 치매는 아닐 겁니다. 증상이 갑작스럽게 생겼다가 사라지는 것도 그렇고, 특정 상황에서만 생기는 것도 치매와는 달라요. 어머님의 문제는 치매보다는 일시적인 섬망 증상에 가깝습니다."

김 부장은 한숨을 내쉬었다. 일단 마음이 놓였지만 섬망譫妄이라는 말은 처음 들어보는 것이었다.

"섬망이 생기면 장소나 시간에 대한 개념에 혼동이 생기고 불안과 초조 증상을 보이게 됩니다. 밤낮이 바뀌는 것도 흔하구요. 어머님이 보였던 증상과 비슷해요. 심하면 환각이나 환청을 경험하기도 합니다. 알코올의존증의 금단증상으로도 알려져 있지요."

차분한 말투로 설명을 이어가던 의사는 마지막 문장을 내뱉은 뒤 말을 멈추고 눈썹을 찌푸렸다. 짧은 순간이었지만 김 부장은 그의 얼굴에 동요하는 듯한 표정이 떠오르는 걸 알아차렸다. 환자와 관련 없는 이야기를 덧붙인 게 후회되나 싶었다. 김 부장의 뇌리에 최근 다큐 프로그램에서 보았던 알코올의존증 환자의 모습이 떠올랐다. 제 나이보다 족히 이십 년은 더 들어보이던 여자 환자는 손을 떨며 헛소리를 하고 있었다. 하지만 어머니는 술을 전혀 드시지 않았다.

"특별한 문제가 없던 사람도 큰 수술을 마치고 입원 중에 생기는 경우가 있고, 약 부작용으로도 생길 수 있어요. 특히 어르신들은 체내에서 약을 분해하는 기능이 떨어져서 부작용이 잘 생기는데다가 여러 가지 약을 함께 먹는 경우 약들이 서로 영향을 줘서 부작용이 더 쉽게 생깁니다."

"어머니도 약 때문에 문제가 생겼다는 말씀인가요? 무슨 약 때문인지…."

"다음에 서울 오실 때는 멀미약을 붙이지 마세요."

예상치 못했던 말에 김 부장과 어머니는 눈만 끔벅거리며 서로의 얼굴을 바라보았다.

"멀미약은 대부분의 사람들에게 안전한 약이지만 드물게는 어머님 경우와 같은 문제도 일으킬 수 있습니다. 확실치 않지만 전날 드신 수면제도 영향을 주었을 수 있어요. 수면제의 효과가 남아 있는 상태에서는 부작용이 더 생길 수 있거든요."

낚시를 좋아하는 김 부장도 배를 타기 전에는 항상 멀미약을 붙였다. 해외 출장을 갈 때는 시차 때문에 비행 전 습관처럼 수면제를 먹곤 했다. 흔히 사용하는 약이 이런 공포스러운 문제를 일으킬 수도 있다니. 자신에게도 생길 수 있는 문제였다는 생각에 식은땀이 났다.

"다음에 서울 오시면 아드님과 병원에 한 번 더 들르세요.

멀미약을 꼭 써야 한다면 용량이 낮은 소아용을 쓰시는 게 좋겠어요. 전날 수면제는 드시지 마시구요."

"아뇨, 이제 절대 안 붙일래요. 그냥 기차 타면 되지요."

손사래를 치며 황급히 목소리를 높여 대답하는 그녀의 모습에 진료실 안 사람들 모두가 웃고 말았다. 김 부장은 오랜만에 편히 잘 수 있을 것 같다고 생각했다.

2012년 한국소비자보호원에서 발표한 '붙이는 멀미약'의 부작용 사례에는 기억 장애나 이상 행동 증상이 포함되어 있다. 지금도 이 약의 부작용을 검색하면 유사한 경험을 했다는 내용을 찾을 수 있다. 멀미약의 주성분인 스코폴라민은 부교감신경 작용을 억제해 시야 장애, 입 마름 등의 증상을 유발할 수 있으며 드물게는 일시적인 기억 장애와 착란을 일으킬 수 있다. 이러한 문제를 고려해 식품의약품안전처는 멀미약의 복약지도를 강화할 것을 요청했고, 2013년부터 소아용 제품을 전문의약품으로 변경하기도 했다.

멀미약 때문에 위와 같은 심각한 부작용이 생기는 것은

드문 일이지만, 약물로 인한 부작용은 매우 흔한 문제다. 약물 부작용은 특히 노인에게서 더 흔한데, 약물 관련 문제로 입원한 사례가 일반 성인의 세 배 정도에 달하는 것으로 알려져 있다.

노인에게 약물 부작용이 흔한 이유는 일단 약물에 대한 대사와 배설 기능이 떨어지는 것이 일차적인 이유다. 여러 가지 약을 함께 복용하는 것도 중요한 원인이다. 동시에 두 가지 약을 복용하게 되면 약물 부작용의 위험도가 13퍼센트 증가하고 네 가지 약을 복용하면 38퍼센트, 일곱 가지 약을 복용하면 82퍼센트까지 높아진다. 만성질환이 많은 노인은 여러 약제를 함께 복용해야 하는 경우가 많은데, 2010~2011년 건강보험심사평가원 표본 자료에 따르면 65세 이상 노인 외래환자 10명 중 8명 이상이 6개 이상의 약을 처방받은 것으로 나타났다.

여러 약제를 동시에 복용하는 것과 약물 부작용은 서로 영향을 미쳐 상황을 악화시키기도 한다. 특정 약물의 부작용이 나타났을 때 다른 질병의 발현으로 오해하고 이를 치료하기 위해 또 다른 약물을 투여함으로써 추가적인 부작용 위험이 생기는 것이다. 이를 처방 캐스케이드prescriving cascade라고 한다. 예를 들어 위장관 운동 촉진제인 메토클로프라미드metoclopramide가 유발한 파킨슨 유사 증상을 파킨슨병으로 오인

하여 항파킨슨제제를 사용하고, 이 약의 항콜린 효과로 인해 변비가 나타나 다시 변비약을 사용하는 것이다. 이러한 사례를 예방하기 위해서는 약을 복용하는 노인에게 새로운 문제가 생겼을 때 약물 부작용의 가능성을 고려하고 최근 약 복용 이력을 점검할 필요가 있다.

여러 약제를 동시에 복용하는 것과 그로 인한 부작용 문제는 개인 의원부터 대학병원까지 쉽게 병원을 옮겨다닐 수 있는 의료 환경과도 관련이 있다. 여러 병원을 이용하는 경우 문제가 되는 약을 함께 복용할 위험이 필연적으로 높아지기 때문이다. 환자의 건강 문제나 복용 중인 약을 잘 파악하고 있는 의사에게 일차적인 진료를 받는다면 이러한 위험을 최소화할 수 있을 것이다. 그러므로 노인 환자일수록 지속적인 진료를 담당하는 주치의가 더욱 필요하다. 노인의학 전문가인 한림대학교 의과대학 윤종률 교수는 노인 의료의 특성에 대한 기고문에서 우리나라 노인들이 여러 약제를 동시에 복용하는 문제는 노인의학 전문의나 주치의가 부재한 현실, 그리고 개별 질병 중심의 전문 의료만을 강조하는 의료 체계로 인한 문제라고 지적했다.*

---

* 윤종률, 2016, 〈노인 의료 관련 정책 수립에서 고려해야 할 노인 의료의 특성〉, 《HIRA 정책동향》, 10권 3호.

나이 듦에 대하여

전립선 비대와 배뇨 장애 증상

늙는 것은 용서할 수 없는 '범죄'가 아니다, 라고 나는 말했다.

노인은 '기형'이 아니다, 라고 나는 말했다.

따라서 노인의 욕망도 범죄가 아니고 기형도 아니다, 라고 또 나는 말했다.

노인은, 그냥 자연일 뿐이다.

젊은 너희가 가진 아름다움이 자연이듯이.

너희의 젊음이 너희 노력에 의하여 얻어진 것이 아닌 것처럼,

노인의 주름도 노인의 과오에 의해 얻은 것이 아니다.

―박범신, 『은교』 중에서

김희정 씨는 책을 덮었다. 소설에서 칠십 대의 시인은 늙는다는 것의 추함을 서러워하며 항변하듯 이야기했다. 나이가 든다는 것은 육체의 싱그러움은 사라지지만 내적으로는 지혜로워지는 것, 너그러워지는 것, 삶에 달관할 수 있게 되는 것이라 생각했다. 하지만 그런 건 그저 틀에 박힌 선입견일 뿐일지도 모를 일이었다. 노인이 된다고 해도 욕망까지 박제되는 것은 아닐 테고, 그런 사실을 으레 무시했던 것은 무관심의 결과일 뿐이리라.

앞에 들어갔던 환자의 진료가 오래 걸리는 모양이었다. 밤열 시가 넘으면 환자가 뜸해지고 진료 시간도 여유로워진다. 대기실에 앉아 있는 환자는 나이 지긋한 노신사 한 명이었다. 이 시간에는 근처 공단에서 3교대 저녁 근무를 마치고 돌아가는 노동자나 편의점 야간 근무를 위해 출근하는 아르바이트생, 갑자기 열이 나는 아이를 데리고 오는 엄마, 술기운에 불콰해진 얼굴로 위장약 처방을 받으려는 회사원 정도가 드문드문들를 뿐이었다.

그런 면에서 노신사는 특이한 방문객이었다. 그는 고혈압환자였고, 두어 달에 한 번씩 매번 늦은 시간에 반딧불 의원을 방문했다. 밤늦은 시간임에도 항상 깔끔한 양복 차림에 중절모를 썼다. 눈썰미가 좋은 김희정 씨는 그가 매번 다른 모자를 쓰고 온다는 걸 알고 있었다. 두꺼운 검은 테 안경은 적당하게 다듬은 희끗희끗한 턱수염과 잘 어울렸다. 말하자면 그는 칠십 대 가까운 나이에 흔치 않은, 날이 선 패션 감각의 소유자였다.

옷차림만 반듯한 것이 아니었다. 대기실에서 등을 꼿꼿하게 편 채 책을 읽는 모습에도 품격과 여유가 배어 있었다. 그는 김희정 씨에게 늘 부드러운 태도로 말을 건넸고, 아이를 데려온 엄마에게 진료 차례를 양보하기도 했다.

"어르신, 오늘도 멋지신데요."

"허허. 고맙소. 김 간호사님을 보면 항상 기분이 좋아집니다."

"그런데 항상 양복 입고 다니시는 거 불편하지 않으세요?"

"괜찮아요. 늘 입는 옷이라 습관이 되어서. 언젠가 아들 녀석이 그러더군요. 아버지는 음식물 쓰레기 버리러 나갈 때도 양복 챙겨 입는 분이라고."

음식물 쓰레기 봉지를 든 양복 차림의 모습이 떠올라 김희정 씨는 그만 웃음을 터뜨렸다. 유쾌하게 농담을 던지고 진료실로 들어가는 노신사를 보고 있으니 저렇게 나이 든다면 늙어가는 것도 나쁜 일만은 아닐 것 같았다.

평소와 같이 진료가 끝나갈 무렵 처방을 입력하던 의사가 그에게 말을 건넸다.

"향수를 바꾸셨나 봅니다. 향기가 좋은데요."

"허허. 이 선생 후각이 예민하시네. 맞아요."

"제가 냄새에 좀 민감한 편이라서요. 그나저나 지난번 백내장 수술은 잘 되셨어요?"

"이전보다는 훨씬 밝아졌어요. 초점이 잘 맞지 않아 안경을 바꿔가며 쓰는 게 불편하긴 하지만 이만하면 괜찮은 거지요. 내가 주민등록상으로는 오십 년생이지만 실제로는 두 살이 많아요. 친구들하고 이야기할 때는 이 나이 되면 몸이 정상인 게 비정상이라고 우스갯소리를 하곤 해요."

잠시 말을 끊고 무언가 생각하던 그가 목소리를 낮췄다.

"이 선생님, 오늘은 내가 한 가지 더 물어봐도 되겠습니까?"

"네. 말씀하시지요."

"요즘 소변 보는 게 영 시원치 않아요. 젊어서 같이 시원시원하게 나오지 않은 거야 오래된 일이지요. 한참을 기다려야 나오고 소변 줄기도 약해졌구요. 이런 것들이야 나이 먹어 그러려니 하고 넘겨왔는데, 밤에 화장실에 가느라 자주 깨서 잠을 푹 못 자는 게 힘드네요."

"이전에 진료는 받아보셨어요?"

"병원에 가보지는 않았어요. 친구들이 전립선 때문에 생기는 문제라고들 해서 거기에 좋다는 건강보조제를 사 먹고 있는데 영 나아지질 않아요."

"전립선 비대로 인한 증상이 맞을 것 같습니다. 흔히 쏘팔메토라는 성분의 보조제를 드시는데 기대한 만큼 효과가 없는 경우가 많아요. 그것보다는 병원에서 처방하는 약을 드시는게 좋습니다. 제가 처방해드릴 수도 있구요."

"그런데 밤에 자주 깨는 것보다 더 큰 문제가 있어요. 소변을 보고 난 뒤에도 자주 소변이 흘러나와요. 다 나온 것 같아서 옷을 올리면 속옷을 적셔서 난치해지는 일도 있구요. 소변을 보고 한참을 기다려보기도 하는데 다 해결이 안 되더군요. 이것도 좋아질까요?"

"다른 증상보다는 약의 효과가 적을 거예요. 소변을 보고 나서 요도에 남은 소변을 짜내는 방법이 도움이 될 수 있는데, 자료를 찾아 드리겠습니다."

고개를 끄덕이며 의사의 설명을 듣던 그가 다시 차분하게 말을 이었다.

"삼 년 전에 사별하고 아들 녀석 집에서 함께 살아요. 손녀딸이 있는데 얼마 전부터 내 방에 안 들어오려고 하더군요. 그런데 우연히 며늘아기와 이야기하는 걸 들었어요. 할아버지한테 이상한 냄새가 난다는 거야. 지린내가 나는 것 같다고. 충격을 받았지요. 손녀딸에게 가까이 가기 싫은 할아비가 되고 싶진 않거든요. 그때부터 몸 관리에 더 신경을 쓰기 시작했어요.

아침저녁으로 목욕도 하는데 노인 냄새를 완전히 없애긴 어렵다고 하더군요. 향수를 쓰기 시작한 것도 그때부터지요. 그게 오늘 소변 문제를 상의한 이유이기도 합니다."

그는 깊은 숨을 한번 들이쉬었다.

"이 선생."

"네."

"나이 든다는 거. 참 애처로운 거예요."

노신사는 말을 끊고 컴컴한 창밖을 바라보았다. 미소를 띠고 있었지만 그의 눈은 서글퍼 보였다. 방광에 남은 소변 같은 건 고민할 필요가 없었던 오래전 자신의 모습을 떠올리고 있는 것 같기도 했다.

"참. 근데 이 선생님이 처방한 약, 그거에도 도움이 됩니까?"

"그거라뇨?"

그는 난처한 표정을 지었지만 이내 체념한 듯 대답했다.

"그… 밤일 말이요. 오랫동안 그런 건 잊고 지냈는데 내가 요즘 만나는 사람이 있어요."

"전립선 약이 발기에 도움이 되느냐는 말씀이군요. 그렇진 않습니다. 전립선 비대와 발기 문제는 둘 다 나이가 들면서 생기지만 원인은 다르거든요. 그 문제에 대해선 일단 전립선에 대한 약 효과를 확인한 다음에 다시 상의하는 게 좋겠습니다."

노신사는 시원섭섭한 표정으로 악수를 하고 일어섰다.

"이 녀석은 나이를 안 먹어서 좋겠네요. 허허."

그가 가리킨 것은 카키색 재킷을 걸친 채 구석에 서 있는 인체 모형이었다.

"그래 보여도 나이가 적진 않습니다. 은퇴하신 선배님께 넘겨받았는데 아마 이십 년은 족히 되었을 거예요. 요즘은 구하기도 어렵습니다."

"오, 그래요. 가치 있는 물건이군요."

"시바 군이라고 이름을 붙였습니다. 의대생들이 처음 공부하는 해부학 책 이름을 땄어요."

"사람이든 물건이든, 오래된 것들은 사연이 많기 마련이지요."

노신사는 가볍게 고개를 숙이고는 반듯한 자세로 진료실 문을 열었다. 나이를 먹는다는 것은 자신이 가지고 있던 것들을 잃어가는 과정일 것이다. 그러나 그가 잃어버린 것이 또렷한 시야나 시원한 소변 줄기, 성기의 단단함만은 아니었을 것이다. 반백의 의사는 진료실을 나가는 그의 뒷모습을 보며 이전에 가지고 있었지만 지금은 떠난 것들을 생각했다. 그리고 앞으로 잃어버리게 될 것들에 대해서도.

전립선은 정액의 주성분인 전립선액을 만드는 기관이다. 전립선은 방광 아래 요도를 둘러싸고 있는데, 본래 밤톨만 한 크기였다가 나이가 들면서 점점 커진다. 커진 전립선이 요도를 압박해 소변 배출이 어려워지는 것이 전립선 비대증이다. 전립선의 크기는 직장수지검사나 초음파로 확인할 수 있는데 증상이 꼭 크기와 비례해 심해지는 것은 아니다. 전립선 비대증은 육십 대에서는 절반 이상, 칠십 대에서는 거의 모든 사람에게서 나타날 만큼 흔한 문제다. 노화에 따른 자연스러운 현상이지만 배뇨 장애로 인해 삶의 질이 떨어질 정도가 되면 치료를 받을 필요가 있다. 대개 하루 한 번 약을 복용하는 정도의 치료로 쉽게 증상을 개선할 수 있기 때문이다.

그러나 약을 먹는다고 해서 전립선 비대증이 생기기 전 상태로 되돌아가는 것은 아니기에, 증상이 좋아졌다가도 복용을 중단하면 다시 증상이 나빠진다. 그러므로 약을 복용하는 목적이 전립선 비대의 완치가 아니라 증상의 개선이란 점을 이해할 필요가 있다. 수술을 받더라도 증상을 완전히 없애기는 어렵고 수술 이후 생기는 부작용 문제도 있으므로 어떤 치료를 선택할지 의사와 충분히 상의하는 것이 좋다. 또한 전립선은 성 기능과는 무관하므로 전립선 비대에 대한 치료가 성기능에 도움이 되지는 않는다.

쏘팔메토는 톱야자saw palmetto 열매를 가공해 추출한 성분으로 전립선 비대증에 효과가 있다고 해서 인기가 많다. 과거 미국 인디언들이 남성 건강을 위해 먹었던 열매로 알려져 있다. 식품의약품안전처가 인정하는 건강기능식품 기능성 원료이기도 해서 국내에서도 30여 업체가 관련 제품을 판매 중이다. 하지만 효과에 대한 근거는 빈약한 편이며 최근의 여러 임상 시험에서 전립선 비대증 개선에 도움이 안 되는 것으로 나타났다.

이러한 연구 결과를 근거로 대한배뇨장애요실금학회에서 쏘팔메토의 전립선 비대증 개선 효과에 부정적인 의견을 제시한 바 있다. 효과에 대한 논란을 고려해 식품의약품안전처에서는 쏘팔메토 열매 추출물을 2018년 상시 재평가 대상으로 지정해 건강기능식품으로서의 기능성과 안전성을 재검토하기로 했다. 그러므로 증상이 심해 치료를 고려할 정도라면 쏘팔메토 성분의 건강기능식품보다는 의사의 처방에 따른 전문의약품을 복용하는 것이 바람직하다.

애초에 잘못된 이름

독감 백신, 꼭 맞아야 하나요

이유경 씨가 화니프라자 삼 층 반딧불 의원을 찾은 것은 금요일 저녁이었다. 어둡고 허름한 복도를 지나 병원 문을 열고 들어서자 대기실에 앉아 있던 환자들이 하던 이야기를 멈추고 누군가를 기다리기라도 한 것처럼 일제히 그녀를 쳐다보았다. 새로 들어온 사람이 낯선 여자인 것을 확인하자 그들은 아무 일 없었다는 듯 다시 이야기를 나누기 시작했다. 여느 병원이라면 자리에 앉아서 각자 조용히 휴대폰이나 잡지를 볼 텐데. 하긴 자정 넘어서까지 문을 여는 병원이니 평범한 곳은 아닐 거라고 그녀는 생각했다.

"왔어? 접수하고 바로 진료 보면 되니까 잠깐 기다려."

접수대의 간호조무사 김희정 씨가 살갑게 말했다. 대기실에 환자들이 있어서 순서를 제법 기다려야 할 거라 생각했는데 앉아 있는 사람들은 이미 진료를 받은 모양이었다. 이유경 씨는 문득 속이 메슥거려 눈살을 찌푸렸다. 나아지기는 했지만 아직 입덧이 완전히 사라지지는 않았다. 임신 십이 주 째였다. 첫째 때는 수월하게 넘겼지만 이번엔 입덧이 유독 심해 하루에도 몇 번씩 구토를 했다. 그나마 이번 주부터 식욕이 좀 돌아와서 입맛에 맞는 음식을 조금씩 먹기 시작한 터였다. 고개를 들어 심호흡을 하던 중에 벽에 붙은 포스터의 문구가 눈에 들어왔다.

이제 겨울 건강을 준비할 때!

65세 이상 어르신 대상 독감예방접종 안내

— 지정 병의원과 보건소를 찾으세요.

독감예방접종에 대해 남편과 이야기를 나눈 건 이틀 전의 일이었다.

"임산부는 독감예방접종을 꼭 해야 한다고 하던데, 나도 맞아야 하지 않을까?"

"임신하면 약도 조심해 먹어야 하는데. 주사 맞았다가 문제라도 생기면 안 되잖아."

"하긴 지난번 임신 때도 안 맞았는데. 독감 주사 맞아본 적이 없어서 걱정이 되긴 해. 역시 안 맞는 게 나으려나…."

임신과 출산 관련 인터넷 카페에서는 이유경 씨와 비슷한 고민을 하는 임산부들을 쉽게 찾을 수 있었다. 다니는 병원에서 독감예방접종을 권해 맞았다는 사람들이 많았지만 부작용이 걱정되어 안 맞았다는 사람들도 꽤 있었다. 주사를 맞은 경우에도 접종 시기는 제각각이었다. 어느 병원에서는 임신 초기에 맞으면 안 된다고 했고 다른 곳에서는 임신 시기와 상관이 없다고 했다.

고등학교 동창인 김희정 씨가 떠오른 것은 그날 오후였다. 일 년에 두어 번 동창 모임에서 만나 안부를 묻는 사이였다. 간호조무사 자격증을 따서 개인병원에서 일하고 있다고 했다. 다행히 휴대폰에 그녀의 번호가 저장되어 있었다. 주사를 맞을지 말지 고민하는 이유경 씨에게 그녀는 일단 병원에 와서 상의해볼 것을 권했다.

"입덧이 심하신가 봐요."

진료실 의자에 앉은 이유경 씨는 의사가 건넨 말에 눈을 동그렇게 떴다.

"이제 조금 나아진 편이에요. 그런데 어떻게….''

"임신 초기란 이야기는 전해 들었는데, 얼굴이 핼쑥하고 안색이 파리해 보여서요.''

헝클어진 반백의 머리, 마른 얼굴에 까칠한 표정의 의사였다. 순간 '선생님 혈색도 썩 좋아 보이진 않네요'라는 말이 머릿속에 떠올라 이유경 씨는 침을 꿀꺽 삼켰다.

"독감예방접종 때문에 오셨다고 들었습니다.''

"독감 주사를 맞은 적이 한 번도 없어요. 병치레가 거의 없었고 감기도 안 걸리는 편이거든요. 가끔 감기 기운이 있어도 병원에 갈 정도는 아니었구요. 제가 약 먹는 걸 원래 안 좋아하기도 해요.''

"꼭 약을 먹거나 병원에 올 필요는 없지요. 감기 걸렸을 때 약을 안 먹으면 일주일 가고 약을 먹으면 칠 일 간다는 말도 있는걸요.''

의사가 가벼운 농담을 건넸지만 이유경 씨에게는 받아줄 여유가 없었다.

"예방접종이라는 게 균을 집어넣는 거잖아요. 안 맞던 사람이 맞으면 심하게 아플 수도 있다고 해서 엄두가 안 나네요. 그리고….''

빠르게 이야기하던 그녀는 말을 끊고 잠시 망설였다.

"중금속이나 방부제가 들어 있어서 오히려 건강에 안 좋다는 말들도 있구요. 예전에 독감주사 맞고 사망한 사람이 있다는 뉴스도 본 적 있어요. 그래서 임신 중에 주사를 맞는다는 건 생각해본 적도 없는데 주변에서 출산하신 분들이 독감 주사는 꼭 맞으라 하고… 어떻게 해야 할지 모르겠어요."

"독감은 그저 독한 감기가 아닙니다. 생각보다 위험한 병이에요. 폐렴과 같은 합병증으로 이어지기도 하거든요. 우리나라에서 해마다 이천 명 이상이 독감 때문에 죽습니다. 교통사고 사망자의 절반 가까이 되는 숫자이지요."

독감으로 죽는 사람이 있을 거라고 생각해본 적이 없었던 그녀는 생각보다 큰 숫자에 흠칫 놀랐다. 의사는 진지한 표정으로 이야기를 계속했다.

"독감예방접종을 해야 하는 이유는 독감 자체보다는 합병증 때문이에요. 그렇다고 모든 사람이 주사를 맞을 필요는 없습니다. 문제는 합병증이 생길 위험이 높은 경우에요. 노인의 경우 독감으로 사망할 확률이 젊은 성인보다 수십 배 높기 때문에 꼭 예방접종을 해야 하지요. 노인만큼은 아니지만 임산부도 독감에 걸리면 일반 환자보다 증세가 심하고 합병증도 더 잘 생기기 때문에 주사를 맞는 게 좋아요."

"아이에게 문제가 생기면 어떡하나 하는 걱정도 있어요. 지금 다니는 산부인과에선 독감예방접종에 대한 이야기를 들은 적이 없거든요. 꼭 필요하다면 선생님이 말씀을 하실 것 같은데 그런 말씀이 없으셨어요. 남편도 아이에게 문제가 생기지 않을까 걱정하기도 하구요."

"모든 의사가 예방접종을 똑같이 중요하게 생각하진 않아요. 그리고 만약 제 아내가 같은 상황이라면 당연히 예방주사를 맞게 할 겁니다."

말투가 쓸쓸했다. 처음 보는 의사에게 진료 받는 와중의 느낌으로는 어울리지 않는다는 생각이 반사적으로 들었지만, 적어도 그 순간 이유경 씨는 그렇게 느꼈다. 의사는 고개를 돌려 잠깐 동안 어두컴컴한 창밖을 바라보았다.

"독감에 걸리면 조산이나 유산이 될 확률이 높아지지요. 아이를 생각한다면 오히려 예방접종을 꼭 해야 해요. 산모가 예방주사만 맞아도 태어난 아이가 독감에 걸릴 확률이 절반은 줄어듭니다. 독감예방접종은 엄마는 물론 뱃속 아이에게도 안전해요."

"부작용이 심하진 않을까요."

"어떤 약, 어떤 주사든 부작용은 다 있습니다. 하지만 독감예방접종으로 인한 심각한 부작용은 백만 명 중 한 명 정도에요. 의사도 접종 대상자라 저 역시 해마다 맞고 있습니다."

그는 다시 사무적인 말투로 돌아와 있었다.

"십이 주째라고 하셨지요? 독감예방접종은 임신 어느 시기에나 가능해요. 오늘 주사를 맞고 가셔도 되고 아니면 좀 더 생각해본 뒤 결정하셔도 좋습니다."

이유경 씨가 진료실을 나왔을 때 대기실에는 아까 보았던 사람들이 여전히 앉아 있었다. 뭐 하는 사람들이길래 병원 대기실에 죽치고 앉아 수다를 떨고 있는 건지 알 수 없는 노릇이었다. 어리둥절한 그녀의 표정을 본 김희정 씨가 쓴웃음을 지으며 작은 목소리로 말했다.

"다 이 건물 사람들이야. 요즘 독감예방접종 시즌이기도 하고. 한꺼번에 와서 저러고들 있네."

나이 지긋한 여자 한 명과 중년 남자 둘, 그리고 젊은 남자 하나였다. 맨 오른쪽에 엉거주춤 앉은 남자가 왼쪽 어깨를 만지작거리며 말했다.

"팔이 뻐근하네. 부작용 이야기를 들어서 그런가 어째 몸이 으슬으슬한 것 같기도 하고."

비쩍 마른 체형에 눈 밑이 어둑어둑한 게 평소에도 감기를 달고 살 것 같은 얼굴이라고 유경 씨는 생각했다.

"좀 그러다 말 거요. 나는 매년 맞는걸. 그나저나 최 사장님은 업종을 바꿔야 할 것 같아. 당뇨병도 있다는 사람이 편의점에서 밤낮이 바뀌어 사니 몸이 축나지 않고 배겨? 환갑 넘은 나보다 최 사장 같은 사람이 더 조심해야지."

나이가 가장 많아 보이는 여자가 말했다.

"아이고, 누님이야말로 연세가 있으니 건강 챙기셔야지. 게다가 우리 상가에서 제일 중요한 번영회 회장님인데 독감으로 앓아눕기라도 하면 안 될 일이죠."

호들갑을 떨며 말한 것은 두꺼운 뿔테 안경을 쓴 중년 남자였다.

"그러는 한 원장은 나이도 아직 한창인데 주사를 왜 맞는가?"

"제가 워낙에 천식이 있잖아요. 기원 안에 사람이 많아서 공기가 나쁜 건지 항상 기관지가 안 좋아요. 임 관장님은 어때요? 운동하는 사람이라 감기는 모르고 살 것 같은데."

"아, 뭐… 저는 아직 건강에 문제는 없어요. 젊은 사람들은 안 맞아도 된다고 하던데, 그래도 도장에서 애들 가르치는 입장이라 그냥 맞고 있습니다."

"주사를 맞긴 했는데, 이게 제대로 효과가 있는지 잘 모르겠어요. 작년에도 맞았는데 겨울에 감기로 고생했거든요."

편의점 최 사장이 고개를 갸우뚱거리며 말하자 번영회 회
장인 홍영자 씨가 대꾸했다.

"아니야. 난 독감 주사를 맞으면 감기에 걸리더라도 확실히
수월하게 지나가더라고."

"독감은 감기와 다른 병이에요."

진료실 쪽에서 들려오는 목소리에 사람들은 일제히 고개를
돌렸다. 언제부터 이야기를 듣고 있었는지 의사가 진료실 문
틀에 기대어 서 있었다. 그는 이유경 씨가 생각했던 것보다 키
가 컸다.

"원인이 되는 바이러스 종류도 다르고 치료 방법도 다르거
든요. 그러니 독감 주사를 맞고도 감기에 걸릴 수 있습니다. 반
대로 주사를 맞고 감기가 덜하다는 것도 기분 탓일 거예요. 애
초에 서로 다른 병에 '독한 감기'라는 이름을 붙인 것부터 잘못
된 거죠."

"우리 상가 주치의 이 원장님이 그렇다고 하면 맞는 거겠
지. 안 그래요?"

말 잘 듣는 학생처럼 얌전히 그의 설명을 듣던 사람들이 홍
영자 씨의 말에 고개를 주억거렸다.

"그러니 사람이나 병이나 뭐든 이름을 잘 지어야 해. 내가
우리 기원 새로 열 때 이름 받으러 점집까지 갔었다고 말했던

가? 근데 아직도 마음에 썩 안 들어. 여기 병원처럼 멋들어진 이름으로 정했어야 했는데. 반딧불 의원이라, 얼마나 좋아?"

한 원장의 너스레에 의사도 다른 사람들과 같이 웃음을 지었다.

"그나저나 다들 이렇게 오래 자리 비우셔도 되나요? 자, 이제 오늘은 그만들 해산하세요."

김희정 씨가 손뼉을 쳤다. 사람들이 못내 아쉬운 듯 병원을 나가자 그녀가 한숨을 쉬었다.

"이제 좀 조용해졌네. 그냥 두면 끝이 없다니까."

그녀는 이유경 씨를 향해 몸을 돌렸다. 접수대 옆에 서서 무언가 골똘히 생각하던 이유경 씨가 그녀를 바라보고 고개를 끄덕였다.

독감과 감기는 원인, 증상, 치료법이 모두 다르다. 독감은 인플루엔자 바이러스로 전염되는 데 반해, 감기는 200여 종 이상의 바이러스가 단독으로 또는 결합하면서 발생한다. 그래서 감기 백신을 만드는 것은 불가능하지만 독감 백신은 만들

수 있다. 단지 바이러스가 조금씩 변이를 일으키기 때문에 매년 새로 만들어진 백신을 맞아야 한다. 감기와 독감은 원인 바이러스가 다르므로 독감예방접종을 한다고 감기에 걸리지 않거나 감기를 약하게 앓는 것은 아니다.

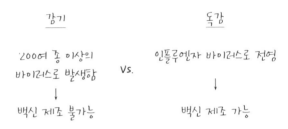

우리나라에서 독감毒感이라는 말을 언제부터 사용했는지는 확실치 않지만, 1702년 『승정원일기』에 독감이라는 단어가 등장하고 이후 여러 학자들의 문집에도 쓰였으므로 최소한 300년은 되었다고 볼 수 있다. 당시 독감이 현재의 인플루엔자를 지칭한 것이 맞다면 그때부터 사람들은 열과 기침을 동반한 이 병이 일반적인 감기와 다르다는 것을 알고 있었던 것이다. 하지만 300년 전에 '독한 감기'가 아닌 다른 이름을 붙였다면, 오늘날 예방접종과 관련해 독감과 감기를 혼동해 생기는 잘못된 인식도 애초에 없었을지 모른다.

독감예방접종의 우선 대상자는 50세 이상 성인이며, 기타

면역력에 영향을 줄 수 있는 만성 질환자와 임산부도 우선 접종 대상자에 포함된다. 임신 중에 독감예방접종을 하면 산모와 신생아 모두 독감에 걸리거나 합병증이 생길 위험이 줄어든다. 하지만 노인이나 만성 질환자에 비해 임산부의 접종률은 매우 낮아서 5~20퍼센트 정도에 불과하다. 임산부를 대상으로 한 국내 연구*에 따르면 독감예방접종을 하지 않는 주된 이유는 접종의 필요성을 인식하지 못했기 때문에, 부작용에 대한 걱정 때문에, 그리고 태아에게 해로운 영향이 있을지도 모른다는 잘못된 인식 때문이었다.

* 강희선, 2011, 〈임산부들의 임신 중 인플루엔자 백신 접종에 대한 인식〉, 《여성건강간호학회》, 17권 3호.

당신은 그녀를 따라잡을 수 있나요

날씬함을 강요하는 시대를 산다는 것

성수역으로 가는 2호선 지하철 안에는 술 냄새가 진득하게 배어 있었다. 최지연 씨는 출입문 옆에 기대어 섰다. 연이틀 야근을 마치고 퇴근하는 길이라 다리가 뻐근했다. 건너편 좌석에 한 자리가 비어 있었지만 그녀가 앉기에 좌석 공간은 좁아 보였고 양쪽에는 모두 남자들이었다. 빈자리의 양쪽에 앉은 사람을 확인하는 것은 몸에 배인 습관이었다. 오래전 만원 지하철 좌석에서 옆자리의 젊은 남자가 누군가에게 보내는 메시지를 본 적이 있다. 옆에 앉은 여자 때문에 숨을 못 쉬겠다느니 대중교통에도 몸무게 제한을 두어야 한다느니 하는 내용이었다. 그 이후로 그녀는 남자 옆 빈자리에는 앉지 않았다.

지하철로 출퇴근을 하는 삼십 분은 힘겨운 시간이다. 문이 열리고 새로운 승객들이 들어올 때마다 최지연 씨는 자신을 바라보는 시선을 느꼈다. 수군거리는 사람들은 자신을 두고 이야기하는 것처럼 보였고, 스마트폰을 보는 사람들 가운데 몇몇은 채팅 창에서 그녀를 흉보고 있을 것 같았다. 그녀는 이어폰을 꽂고 시선을 책에 고정하는 것으로 주변의 시선으로부터 도피하곤 했다.

문득 고개를 들었을 때 출입문 창에 비친 커플의 모습이 보였다. 연인으로 보이는 두 사람은 그녀를 쳐다보며 속닥이고 있었다. 최지연 씨는 그들이 자신에 대한 이야기를 하고 있다는 것을 직감적으로 느꼈다. 남자가 여자의 팔뚝과 옆구리를 만지며 손가락으로 두툼한 살집 모양을 만들자 여자가 킥킥거리며 남자의 어깨를 밀쳤다. 최지연 씨는 순간 얼굴이 화끈해졌다. 출입문이 열리자 그녀는 바로 열차에서 내렸다. 집까지는 두 정거장이 남아 있었다.

생각해보면 흔한 일이었다. 대학 친구들과 처음 워터파크에 갔을 때 조소를 머금고 그녀의 몸을 곁눈질하는 사람들의 시선을 느낀 뒤로는 수영장에 가지 않았다. 목욕탕이나 찜질방도 마찬가지였다. 마트에서 음식을 한꺼번에 사야 할 때면 주변 사람들의 눈치를 살피곤 했다.

문제는 낯선 사람들의 시선만이 아니었다. 주변 사람들도 그녀의 체중에 관심이 많았다. 어려서 살찌면 귀여운 거지만 나이 들어 살찌면 가여운 거라는 상사의 핀잔 정도는 약과였다. 같은 커피라도 날씬한 사람이 타주는 게 더 맛있더라, 요즘 옷은 사이즈가 작게 나오던데 이런 프리 사이즈는 어디에서 사는 거냐, 순수하게 건강 걱정해서 이야기하는 건데 다이어트 좀 해야겠다⋯. 사람들은 마치 뚱뚱한 여자의 체중과 관련된 이야기라면 언제든 내뱉어도 괜찮다는 프리 쿠폰이라도 가진 것 같았다.

명절에 집에 가면 친척들로부터 살 빼라는 잔소리를 하루에도 몇 번씩 들어야 했다. 적게 먹으면 그 덩치에 그거 먹어서 되겠느냐고, 많이 먹으면 그러니까 살찐다고 했다. 지난 설에도 마찬가지였다. 음식을 차리면서 상과 상의 간격을 좀 떨어뜨려야 가족들이 편하게 앉을 수 있겠다고 하자 고모가 한마디 던졌다.

"살 좀 빼면 다들 그냥 앉을 수 있겠네."

여느 때라면 그냥 듣고 넘겼을 텐데 순간 울컥한 감정을 숨길 수가 없었다. 눈물이 핑 돌아 숟가락을 밥상 위에 던지고 일어나 방을 나가는데 뒤통수에 대고 고모가 소리를 질렀다.

"저거 봐. 뚱뚱한 게 성격까지 지랄 맞으면 진짜 시집은 어떻게 갈래!"

최지연 씨의 체중이 급격하게 늘어난 것은 대학에 떨어지고 재수 생활을 할 때였다. 집과 학원을 오가는 일 년 동안 10킬로그램이 늘었다. 대학을 다니는 동안 오르락내리락하던 체중은 야근이 잦은 직장 생활을 하면서 꾸준히 늘어 현재는 70킬로그램을 넘은 상태였다.

다이어트를 안 해본 건 아니었다. 아니, 해보지 않은 다이어트가 없다고 하는 게 맞겠다. 홈쇼핑에서 파는 다이어트 보조제들은 아무런 효과가 없었다. 하루 한 끼를 먹거나 원 푸드 다이어트를 해보기도 했지만 오래 지속하기는 어려웠다. 체중을 가장 많이 줄였던 것은 여름휴가 동안 단식원에 갔을 때였다. 일주일간 효소와 구운 소금만 먹고 6킬로그램을 뺐지만 이후 빠진 체중은 금세 제자리를 찾았고, 한 달이 지났을 때는 단식원에 가기 전보다 3킬로그램이 늘어 있었다. 최지연 씨는 억울했다. 따로 운동을 하지는 못했지만 평소 식사량이 많은 것도 아니었다. 다이어트 때문에 밥은 반 공기만 먹는데도 왜 체중은 늘어만 가는지 도대체 알 수가 없었다.

밤공기가 차가웠다. 열한 시에 가까운 시간이었다. 익숙하지 않은 길이지만 스마트폰으로 지도를 보면서 가면 집까지 걸어서 가기는 어렵지 않을 것 같았다. 주변의 풍경은 언젠가 버스를 타고 집에 가는 길에 지나쳤던 것 같기도 했다. 버스 정류장 광고판이 눈부셨다.

이제 마음껏 먹으면서 빼자!
30일 간의 마법 같은 변화를 느껴보세요!

광고판 속 모델은 쭉 뻗은 다리를 벌리고 서서 당당한 포즈로 자신을 따라해보라는 듯 이야기했다. 최지연 씨는 고개를 저으며 나직이 중얼거렸다.

"난 죽어도 따라잡을 수 없을 거야."

보름달이 유난히 커 보였다. 달을 보며 소원을 빌었던 적도 있었다. 물론 소원은 체중에 대한 것이었지만 효과를 본 적은 없었다. 다음 날 아침이면 밤새 부어 보름달처럼 빵빵해진 얼굴을 거울 속에서 발견할 뿐이었다.

최지연 씨가 한숨을 푹 쉬고 눈길을 돌렸을 때였다. 건물 삼 층에 불 켜진 창이 보였다. 야간 진료를 하는 의원이었다. 허름해 보이는 종합상가 건물은 일 층의 편의점 외에 대부분 불이 꺼져 있었지만 삼 층 구석의 창문은 달빛보다 환하게 빛

났다. 한참 멍하니 불빛을 쳐다보던 그녀는 무언가 결심한 듯 건물 쪽으로 발길을 내디뎠다.

"식사 일기는 써 보셨나요?"

일주일만의 두 번째 방문이었다. 지난 주 살 빼는 약을 처방해달라는 최지연 씨의 요청에 의사는 약과 더불어 일기 쓰기를 처방하며 이렇게 당부했었다.

"우선 적기만 하세요. 다른 건 하지 않아도 됩니다. 대신 물을 포함해 입으로 들어가는 건 모두 기록해야 해요."

먹는 것을 기록하는 일은 생각보다 어려웠다. 혼자서 밥을 먹을 때는 그나마 괜찮았지만 다른 사람들이 있을 때는 괜한 관심을 끌고 싶지 않았기에 바로 기록하지 못했다. 저녁에 집에 돌아와 하루 동안 먹었던 것을 생각하다 보면 빠뜨린 걸 발견하곤 했다. 고민 끝에 생각해낸 방법이 음식을 먹기 전에 스마트폰으로 사진을 찍는 것이었다. 다른 사람들과 함께 있을 때도 음식 사진을 찍는 것은 그리 어색하지 않았다. 그녀는 매일 저녁 침대에 누워 그날 찍은 사진을 보며 누락된 음식 목록을 채웠다.

미간을 찌푸린 채 식사 일기를 들여다보던 의사가 입을 열었다.

"아침은 거의 안 드시는 것 같네요."

"네, 아침엔 입맛도 없고 먹을 시간도 없고… 대신 오전 중에 간단한 간식 위주로 먹는 편이에요."

"간단해 보이는 간식이라 해도 칼로리가 적지 않아요. 특히 여기 적힌 도넛이나 샌드위치 같은 음식들은. 아, 초콜릿도 자주 보이는군요. 이 정도만 해도 한 끼 열량은 훌쩍 넘습니다. 이외 시간에 먹는 간식들까지 합하면 세 끼 식사를 끊어도 되겠어요. 이런 상태에서 밥을 반 공기 남겼다고 적게 먹었다 생각하는 건 착각입니다."

순간 최지연 씨의 얼굴이 발갛게 달아올랐지만 그는 아랑곳하지 않고 이야기를 계속했다.

"아침은 꼭 드세요. 공복 시간이 길어 허기를 느끼면 쉽게 열량을 채울 수 있는 음식을 찾거나 폭식을 하게 됩니다. 식사는 정해진 시간에 규칙적으로, 배가 고프기 전에 먹는 게 좋아요. 그리고 하루 세 끼 외에 간식은 끊으세요. 음료는 물과 아메리카노 커피만. 앞으로도 식사 일기는 계속 쓰셔야 합니다."

의사의 단호한 태도에 그녀는 주눅이 들어 보였다. 그는 헛기침을 한 뒤 누그러진 말투로 다시 물었다.

"약 드시고 불편한 건 없었나요?"

"말씀해주신 대로 입이 마르고 조금 어지러울 때가 있긴 했는데 많이 불편하진 않았어요."

"잘됐네요. 일단 삼 개월 정도까지 드시도록 할 거예요. 이후에는 반응을 봐서 좀 더 처방할 수도 있구요. 효과가 있을 겁니다. 하지만 약으로 뺀 살은 식단 관리가 안 되면 다시 찐다는 걸 명심하셔야 해요."

그녀는 고개를 끄덕였다.

"지난주에 처음 오셨을 때 체중이 73킬로그램이었죠. 최지연 씨가 바라는 체중은 어느 정도에요?"

질문에 바로 답하지 못하고 머뭇거리던 그녀는 잘못을 고백하는 아이처럼 조심스럽게 말했다.

"50킬로그램이 되면 어떤 기분일까 늘 생각했어요. 고등학교 때 이후로 체중계에서 5로 시작하는 숫자는 본 적이 없거든요."

"키가 162센티미터인데 50킬로그램은 저체중에 가깝습니다. 일단 60킬로그램대로 줄이는 걸 일차 목표로 하지요. 다음 주 목요일 퇴근길에 들르세요. 다음번엔 운동을 어떻게 해야 할지 상의해봅시다. 그리고,"

망설이는 듯하던 의사가 시선을 컴퓨터 화면에 고정한 채로 딱딱하게 말했다.

"최지연 씨에 대해 잘 알지도 못하는 사람들이 하는 말에는 신경 쓰지 말아요."

예상치 못한 의사의 말에 그녀는 울 듯 말 듯한 표정을 지었다.

"사실 일주일 전 여기 왔을 때, 자포자기의 심정이었어요. 그날 기분이 최악이었거든요. 그런데 문득 고개를 들었을 때 이 병원 창문이 보였어요. 하얗게 빛나는 병원 창문을 보고 달이 떠 있는 것 같다고 생각했어요. 그 불빛이 저한테는 무슨 구원의 손짓을 보내는 것처럼 느껴져서 저도 모르게 들어왔던 거 같아요."

의사는 여전히 컴퓨터 화면을 쳐다보고 있었다. 그녀는 싱긋 웃으며 말을 이었다.

"이번엔 달라질 수 있을 것 같아요. 우습게 들리실 수도 있겠지만 그냥 선생님께 이야기하고 싶었어요."

그녀는 꾸벅 고개를 숙이고 진료실을 나섰다. 그가 불면증 환자에 대한 처방을 마치고 창밖을 내려다보았을 때 저만치 걸어가는 그녀의 모습이 눈에 들어왔다. 그가 나직이 중얼거렸다.

"시바 군. 나야말로 잘 알지도 못하면서 주제넘은 말을 한 걸지도 몰라."

환한 보름달이 한산한 거리를 비추고 있었다.

"선생님, 저는 많이 먹진 않아요."

비만 치료를 할 때 많이 듣는 말이다. 체중 감량에서 가장 중요한 것은 섭취하는 열량을 줄이는 것이다. 이를 위해서는 먼저 자신이 어떤 음식을 얼마나 먹고 있는지 보다 객관적으로 평가할 필요가 있다. 비만 치료에서 식사 일기의 중요성을 강조하는 것도 그런 이유다. 비만 환자들은 자신이 먹는 열량을 과소평가하는 경우가 많은데, 식사 일기가 자신의 식사 패턴에 대한 잘못된 인식을 바꾸는 계기가 될 수 있다. 일기를 쓸 때는 음식의 종류와 먹은 시간 외에도 장소, 함께 먹은 사람 등을 함께 기록하는 것이 식사 습관을 파악하는 데 도움이 된다. 누락이 없도록 적는 것이 가장 중요한데 이를 위해서는 먹은 음식을 그날 바로 기록하는 것이 좋다.

한국인 10명 중 3명이 비만 환자이며, 비만을 해결하려는 국가적인 노력에도 십여 년째 비만율에는 큰 변화가 없다. 비만 합병증으로 인한 직접적인 질병 부담도 큰 문제이지만, 비만 환자에 대한 부정적 시각과 편견 역시 사회적인 문제로 떠오른 지 오래다. 게으르고 자기관리를 안 해서 살이 쩐다는 시각이 그 예다. 그러니까 비만 환자는 합병증의 위험과 사회적 낙인의 이중고를 감수해야 하는 것이다. 날씬함을 건강함의 지표인 양 강조하는 사회적 분위기는 이러한 부정적인 낙인을 강화시키며, 날씬함의 기준이 엄격해질수록 낙인으로 인한 부작용은 심해진다.

최근 유명 모델을 앞세운 영국의 모 다이어트 제품 광고에서 "당신은 카다시안을 따라잡을 수 있나요Can you keep up with a Kardashian?"라는 카피가 구설에 오른 적이 있다. 여성에게 비현실적인 몸매를 강요한다는 비판을 받은 것이다. 한국에서도 젊은 여성의 체형에 대한 잘못된 인식은 심각한 문제이며, 전문가들은 마른 체형을 이상화하는 미디어의 영향을 주요 원인으로 지적한다. 국내 연구 결과 정상 체중 여성의 약 40퍼센트가 자신이 뚱뚱하다는 잘못된 인식을 갖고 있었다.[*] 또한 올바른 체형 인식을 가진 여성에 비해 잘못된 체형 인식을 가진 여성에게 금식이나 폭식 등의 무리한 체중 조절 경험이 많았으며, 우울한 감정을 느끼는 위험도 역시 약 1.82배 높은 것으로 나타났다.

2014년 한국 성인 여성 평균 키에 해당하는 162센티미터인 경우, 49~60킬로그램 정도가 의학적인 정상 체중에 해당한다.

[*] Lee KM, Seo MS, Shim JY, Lee YJ. Body weight status misperception and its association with weight control behaviours, depressive mood and psychological distress in nulliparous normal-weight young women. *Ann. Hum. Biol.* 2015;42(6):528~532.

술 권하는 사회

알코올 사용장애와 익명의 알코올의존증 환자들

"뭐 이따위 병원이 다 있어?"

김희정 씨는 진료실에서 터져 나오는 큰소리에 고개를 절레절레 흔들었다. 들어갈 때부터 조짐이 좋지 않았다. 밤늦은 시간에는 술을 마시고 오는 환자들을 종종 보게 된다. 방문할 때마다 술 냄새를 풍기는 환자도 있는데 지금 진료를 받고 있는 남성도 그중 하나였다.

박진국 48/M. 예약 화면에 그의 이름이 떠 있었다. 서너 달에 한 번씩 당뇨병 처방을 받는 환자로, 반딧불 의원에 온 것은 오늘이 네 번째였다. 유난히 목소리가 커서 진료실에서 하는 말이나 웃음소리가 바깥 대기실까지 들리곤 했다. 김희정 씨가 진료실 문을 열고 들어갔을 때 그는 진료실 책상 앞에 서서 기세등등한 표정으로 의사를 노려보고 있었다.

"내가 알코올중독이라니, 당신이 뭘 안다고 그딴 말을 지껄여? 의사면 다야? 동네 의원이나 하는 주제에 멀쩡한 사람을 폐인으로 몰아?"

위협적인 말투였지만 의사는 냉랭한 표정을 바꾸지 않고 담담하게 대답했다.

"박진국 씨가 우리 병원에 오신 게 오늘로 네 번째입니다. 매번 술을 마시고 오셨고, 그때마다 술을 줄이겠다고 약속했지만 지키지 못했죠. 좋은 날에는 기분이 즐거워서, 힘든 날에는 견디기 위해서 술을 드셨다고 했어요. 그게 중독입니다."

"의사들은 술 마시면 당뇨병도 심해지고 간경화도 생긴다면서 겁을 주는데, 그건 나도 다 아는 뻔한 얘기야. 술 마실 수밖에 없는 사람들이 어떤 심정인지 당신이 알아? 흥. 제대로 마셔보기나 했어야 알지."

"술 때문에 당뇨병이 심해진다는 걸 알면서 술을 계속 먹는 것도 중독에 해당하는 증상입니다. 그런 이야기 듣기 싫으면 술 끊고 오세요. 드시던 약은 처방했습니다. 안녕히 가세요."

"내가 어떤 사람인데. 그 정도도 못할 것 같아? 마음만 제대로 먹으면 그까짓 것 술은 끊더라도 이 병원엔 다시는 안 와. 쎄고 쎈 게 병원인데."

환자가 분을 풀려는 듯 진료실 문을 쾅 닫고 나가자 김희정 씨가 물었다.

"괜찮으세요 선생님?"

의사는 쓴웃음을 지으며 대답했다.

"이젠 이런 일에 이골이 날 때도 됐잖아요. 괜찮아요."

괜찮다고 했지만 그녀는 흰 가운 아래 손가락이 떨리고 있음을 알아챘다. 그녀의 시선을 느낀 의사가 말했다.

"좋아졌는데 지금도 가끔 신경을 많이 쓰면 떨리네요. 자주 그런 건 아니니 걱정 말아요. 내가 좀 더 조심스럽게 이야기했어야 하는데. 오늘 신경이 날카로워졌나 봅니다. 뒤에 대기 중인 환자가 있으면 잠깐 기다려달라고 해주겠어요? 오 분만."

그는 눈을 감고 머리를 의자에 기댄 채 떨리는 손가락을 진정시키려는 듯 책상을 가볍게 두드리기 시작했다. 눈 밑이 평소보다 퀭해 보였다. 김희정 씨는 무언가 더 이야기를 하고 싶었지만 이내 진료실을 나와 조심스럽게 문을 닫았다.

"술을 처음 배운 건 대학교 신입생 때였어요. 엠티를 갔는데 선배들이 권하는 술을 한 잔 두 잔 마시다가 정신을 잃었죠. 워낙 술자리가 많은 편이었어요. 처음엔 선배들이 주는 술을 억지로 마셨지만 어느새 내가 옆 사람에게 술을 권하고 있더라구요. 원래 내성적인 편인데 술을 마시면 말이 많아지고 활달해졌습니다. 술을 마시다 보면 억눌려 있던 게 풀리는 느낌이 들었어요. 그게 좋았던 것 같아요.

그래도 대학 때는 매일 술을 마시진 않았습니다. 술을 부쩍 더 많이 마신 건 회사 생활을 하면서부디였어요. 이때부터 중독이 본격적으로 시작되었던 게 아니었나 싶습니다. 과장이 술을 엄청 좋아하는 분이라 매주 두세 번씩은 부서 회식이 있었습니다. 매번 이 차, 삼 차까지 술자리가 있었어요. 회식이 없는 날은 제 사수 역할을 하던 대리와 술을 마셨습니다. 생각해보면 그 대리도 중독이었던 것 같네요. 매일 그렇게 마시면서 어떻게 업무를 했나 싶은데, 다들 멀쩡하게 출근을 하고 또 회사는 돌아갔지요.

필름이 끊기는 횟수도 늘어났고 기억을 잃었다가 아침에 일어나서 얼굴에 상처가 난 걸 발견하는 일도 종종 있었어요. 언젠가부터 주말엔 집에서 소주병을 따고 있더군요. 그렇게 이 년 정도 하루도 빼지 않고 술을 마셨습니다. 술을 끊어야겠다고 생각한 건 음주 운전으로 재판을 받고 면허 취소를 받은 다음이었습니다. 필름이 끊긴 채로 운전대를 잡는 일도 많았거든요. 이 년 동안 운전을 못하니 출장을 다닐 수도 없는 상태입니다. 회사에 사정을 이야기하고 부서를 바꿨는데, 이젠 동료들도 저를 보는 시선이 좋지 않아요. 한 번 더 음주 운전을 하면 교도소에 가야 할지도 모릅니다. 회사에서도 더 이상 일할 수 없겠죠. 벼랑 끝에 선 기분이에요. 인생이 망가질 것 같아 두렵습니다."

커피 향이 은근한 작은 사무실 가운데에 둥그렇게 놓인 철제 의자에는 예닐곱 명의 사람들이 마주보고 앉아 있었다. 일어선 사람은 삼십 대 중반쯤으로 보이는 양복 차림의 남성이었다. 자신의 이야기를 하는 동안 그는 내내 허공을 쳐다보고 있었다. 둘러앉은 사람들은 나이도, 차림새도 제각각이었지만 그의 이야기를 들으며 중간중간 공감하는 표정으로 고개를 끄덕였다. 말을 마친 그는 잠시 고개를 숙이고 망설이는 듯하더니 엉거주춤 의자에 앉았다.

다음에 일어난 사람은 분홍색 트레이닝복을 입은 중년 여성이었다. 그녀가 이야기를 시작하자 김희정 씨는 조용히 자리에서 일어나 문을 열고 나왔다. 잠깐 바깥 공기를 쐬고 싶었다. 계단을 내려온 그녀가 건물 앞에 서서 생각에 잠겨 있을 때 누군가가 그녀 뒤에서 말을 건넸다.

"안나 자매님. 오늘도 수고가 많으시네요."

"안녕하세요. 마르타 수녀님. 잘 지내셨어요?"

"잘 지내지 못해요. 여기 사무실을 얼마나 더 유지할 수 있을지 모르겠어. 임대료를 올려달래요. 망할 놈의 건물주 같으니라고. 이런 쓰러져가는 건물에 코딱지만 한 사무실도 월세가 매번 오르는데 다른 곳은 오죽할까. 세상이 미쳐 돌아가는 것 같아."

수녀는 성호를 그으며 거친 말을 내뱉었다. 수녀가 입에 담기에는 어울리지 않는 말이었지만 김희정 씨는 놀라지 않았다. 마르타 수녀의 이런 말투를 듣는 것은 그녀에게는 익숙한 일이었다.

"여전하시네요, 수녀님은."

씩씩거리던 수녀는 금세 선한 웃음을 지으며 그녀의 얼굴을 바라보았다. 입꼬리와 눈매의 주름이 도드라져 보였다. 수녀님도 많이 늙으셨구나, 하고 그녀는 생각했다.

"이수현 선생님은 잘 지내요? 오늘은 같이 안 온 것 같던데."

"네, 해림이가 한국에 왔어요. 둘이 같이 가기로 약속한 곳이 있다고 하네요."

"딸이랑 한 약속은 꼭 지키는 사람이니까. 해림이도 많이 컸겠군요."

두 사람은 잠시 대화를 멈췄다. 김희정 씨가 이수현 선생을 만난 것은 삼 년 전 이곳을 처음으로 방문한 날이었다. 자신에게 문제가 있다는 건 알고 있었지만 그녀와 비슷한 처지의 사람들이 모이는 곳이 있다는 이야기를 들었을 때 한동안 망설였다. 결국 낡은 사무실의 철제 의자에 앉게 된 것은 마르타 수녀에 대한 마음의 빚 때문이었다.

'아버지는 평소엔 그렇게 좋은 사람일 수 없었어요. 동네 사람들이 다 호인 중에 호인이라고 했죠. 하지만 아버지는 술만 마시면 딴 사람이 되어 어머니를 때렸어요. 아버지가 술을 마시고 들어오는 날이면 현관에 들어서면서부터 알 수 있었어요. 현관문이 쾅 닫히고 취한 목소리가 들리면 난 남동생을 데리고 벽장에 숨었어요. 동생이 바깥 소리를 듣지 못하게 두 손으로 귀를 덮어주었죠. 그 다음엔 어머니가 맞으며 악다구니를 쓰는 소리, 밥상 엎어지는 소리, 그릇 깨지는 소리가 들렸어요. 지금도 벽장 안에 있는 꿈을 자주 꿔요. 꿈속에선 늘 누군가 내 귀도 막아주었으면 좋겠다고 생각하죠.

중학교 1학년 때 아버지가 갑자기 교통사고로 돌아가신 뒤로 집안 살림은 제 몫이 되었어요. 보험 판매 일을 하셨던 어머니는 밤늦게 피곤한 몸을 이끌고 들어와 종종 술을 드셨죠. 아버지가 있을 때는 그렇게 미워하던 술이었는데, 그 술이 어머니를 위로하게 될 줄은 몰랐어요. 대학은 전공을 생각하기보다 우선 장학금을 받을 수 있는 곳을 선택했어요. 입학하기도 전에 아르바이트를 시작했고 동아리 활동이나 미팅 같은 건 꿈도 꾸지 못했어요. 대학은 딴 세상이었어요. 나만 빼고 다들 즐거워 보였지요. 술자리도 많았어요. 다들 술값이 어디서 나는지, 선배나 친구들은 집에 화수분이라도 키우나 보다. 그렇게 생각한 적도 있었어요.

술을 처음 마셨을 때 느낌은 생각보다 나쁘지 않았어요. 오히려 기분이 좋아지는 게, 이래서 사람들이 술을 마시는구나 하는 생각이 들었어요. 또 놀랐던 건 제 주량이 센 편이었다는 거예요. 흔히들 술 좀 마시냐고 묻잖아요. 여자가 소주 두 병 정도 먹는다고 하면 와, 술 잘 드시네요. 이런 말을 듣는 기분이 괜찮았어요. 뭔가 인정받는다는 느낌이 들었던 것 같아요. 술이 갑자기 늘었던 건 대학교 2학년 때였어요. 선배가 공모전에서 수상을 했는데 제 작품을 도용했다는 걸 뒤늦게 알았어요. 제가 믿고 따르던 선배였는데 뒤통수를 맞은 거죠. 선배는 교수님들의 총애를 받는 사람이었고 그땐 따지거나 항의할 생각도 못했어요. 친구들이 나보고 불쌍하다고 하는데 그런 얘기를 들으니 내 자신이 초라하게 느껴졌어요. 그땐 매일 마셨던 것 같아요. 먹으면 마음도 편해지고 시간도 잘 가고 기분도 좋아지고. 그 이후론 힘든 일이 있을 때마다 잊자, 잊자, 잊어 버리자. 그럴 수도 있지. 곧 지나가겠지. 그런 생각하면서 마셨 어요.'

누군가에게 말하고 싶었고, 혼자서 수없이 되뇌었던 이야 기였다. 하지만 이번에도 머릿속에서 맴돌 뿐이었다. 다른 참 석자들처럼 속 이야기를 드러낼 용기가 나지 않았다. 그녀는 의자에 멍하니 앉아 생각했다. 아버지가 어머니를 때리지 않 았다면, 아버지가 돌아가시지 않았다면, 그 선배가 아니었다 면, 누군가 내 귀를 막아줄 사람이 곁에 있었다면 어땠을까. 무 리 중에 한 의사가 일어나 이야기를 시작한 것이 그때였다. 머 리칼이 하얗게 세어서 나이를 가늠하기 어려웠다. 알코올중독 인 의사라니 평생 다른 사람 치료하는 일은 못하겠네. 왜 그런 생각이 들었는지 모르겠다. 그녀 역시 무조건 새로운 일을 시 작해야겠다는 생각으로 간호조무사 학원을 다니기 시작한 뒤 였는데도 말이다.

술은 다시 마시지 않았다. 일 년가량 정기적으로 이곳을 찾 았고 한 달에 한두 번쯤 그를 만났지만 따로 이야기를 나눈 적 은 없었다. 그리고 작년에 재활보조 봉사를 하려고 이곳에 다 시 왔을 때 강사로 참석한 그 의사를 다시 만났다. 반딧불 의원에서 그를 도와 일을 하게 된 것은 그때부터였다.

"안나 씨. 여기 와서 사람들을 보는 거, 힘들지 않아요?"

"시간이 많이 지났는걸요. 저도 여기서 수녀님께 도움을 받았잖아요. 어떨 땐 이곳에서의 일이 까마득하게 느껴져요. 정말 있었던 일인가 하는 생각도 들고. 평소엔 잊고 지내죠. 그런데 그 기억이 갑자기 살아날 때가 있어요."

길어진 해가 저물고 어둠이 내리면서 한낮의 무더움도 한풀 꺾였다. 서쪽 하늘 구름 사이로 초승달이 비스듬히 걸려 있었다. 서늘한 바람에 한기를 느낀 그녀가 몸을 움츠렸다.

"어제 술을 마시고 온 환자가 있었어요. 사실 그 사람은 늘 술을 마시고 왔죠. 뭐가 맘에 안 들었는지 진료실에서 소리를 고래고래 지르면서 나왔어요. 수녀님도 짐작하시겠지만, 그런 환자에게 이수현 선생님이 곱게 말씀하실 리 없잖아요. 환자가 제 앞을 지나갈 때 예전 일들이 한꺼번에 떠올랐어요. 그 숨결에서 풍기는 알코올 냄새를 맡는 순간, 마치 영화를 보는 것처럼요. 우스워요. 기억하고 싶은 건 쉽게 잊혀지고, 막상 잊고 싶은 건 잊히지 않는 것 같아요."

김희정 씨가 이 층으로 돌아왔을 때 사무실 안에서는 오늘 모임의 중재 역할을 하는 오십 대 남성이 모임을 정리하는 발언을 하고 있었다. 그 역시 과거에 알코올의존증 환자였고, 술을 끊은 지 십 년째였다.

"오늘 딱 하루만 더 마시자는 생각을 버리세요. 오늘 하루만 안 마시자고 생각하세요. 한 잔만 더 마시자가 아니라 한 잔도 마시지 말자고 생각하세요."

2011년도 〈정신질환 실태 역학조사〉에 따르면 우리나라 만 18세 이상 만 74세 이하 인구 중 알코올 사용장애 평생 유병률은 13.4퍼센트였다. 특히 남자의 유병률은 20.7퍼센트로 5명 중 1명은 알코올 사용장애를 경험한 적이 있는 것으로 나타났다. 알코올 사용장애는 알코올 남용과 알코올의존증(중독)을 합친 개념이다. 알코올의존증(중독)이라고 하면 흔히 금단 증상으로 인한 손 떨림, 불안, 환청 등을 호소하는 환자를 떠올린다. 하지만 술을 줄이거나 끊으려는 시도를 했는데도 애초의 의도보다 많은 양을 마시는 일이 반복되거나, 음주로 인한 문제가 심각함을 알면서도 지속적으로 술을 마시는 경우도 알코올의존증으로 진단할 수 있다.

현진건의 소설 「술 권하는 사회」에는 조선 사회가 술을 권한다며 한탄하는 지식인이 등장하는데, 예나 지금이나 음주 관련 문제에 상당 부분 사회의 책임이 있음은 분명하다. 2011년에 발표된 〈대학생의 음주 실태와 개선 방안〉 연구에 따르면 대학생의 85퍼센트가 월 1회 이상 음주를 하며, 42퍼센트는 수시로 폭음하는 것으로 나타났다. 매년 신입생 환영회나 엠티에서 생긴 음주 사망 사고가 보도되지만 대학 내 음주 문화는 쉽게 개선되지 않고 있다. 이 차는 기본이고 삼차는 선택이라는 술자리 중심의 직장 회식 문화 역시 음주 문제의 주된 원인이다. 폭음은 알코올의존증으로 가는 지름길인 것을 고려하면 대학에서 씨를 뿌리고 직장에서 물을 뿌려 알코올의존증 환자를 키우는 셈이다.

알코올 사용장애가 있으면서도 스스로에게 문제가 있음을 인지하지 못하는 사람들이 많다는 것도 큰 문제다. 술 권하는 것을 미덕으로 생각하고 술 잘 마시는 것을 남성성의 상징쯤으로 여기는 문화에 일차적인 원인이 있을 것이다. 의학적인 관점에서 적정 음주량은 성인 남성의 경우 일주일에 평균 14잔 이하, 1회 최대 음주량 4잔 이하이며 여성이나 65세 이상인 경우는 그 절반이다(표준 1잔은 알코올 12그램에 해당하는 양으로, 맥주 340cc, 포도주 140cc, 소주 70cc, 양주 40cc 정도이다. 각 술의 종류에 맞는 술잔으로 대략 1~1.5잔에 해당한다). 그 이상을 마시면 과음 또는 폭음이 된다. 이를 고려하면 한국 사회가 음주에 지나치게 관대하다는 것을 알 수 있다.

알코올의존증을 해결하려면 무엇보다 자신의 알코올 문제가 심각하다는 인식이 필요하며, 회복을 위한 유일한 길은 완전히 술을 끊는 것뿐이라는 것을 알아야 한다. 병원에서의 전문적인 치료 외에 환자들 간의 자조 모임에 참여하는 것이 술을 끊는데 도움이 될 수 있는데 '익명의 알코올의존증 환자들Alcoholics Anonymous'이 대표적이다. 한국에도 지역별로 그룹이 조직되어 있다. 모임을 기록하거나 신상을 드러내지 않는 것이 원칙이므로 정확한 숫자를 파악하기 어려우나 국내에 약 3,000여 명의 참가자가 있는 것으로 추산하고 있다.

믿어도 될까요

가짜 건강 정보에 속지 않는 방법

제목: 당뇨병 진단을 받았습니다.

작성자: 크림빵 작성일: 2017-12-01 15:38:24 (152.248.***.36)

한 달 전에 건강검진을 했는데 공복 혈당이 140이라고 합니다. 126부터는 당뇨병이라고 하네요.

작년 건강검진 결과를 찾아보니 그때는 혈당 수치가 110이 었더군요. 당뇨병 전 단계 판정을 받았는데 이후로 신경을 쓰지 못했어요. 부서가 바뀌고 일이 많아져서 운동을 전혀 못한 지도 몇 개월 되었습니다. 체중이 늘어서 160센티미터에 70킬로그램까지 나갔다가 지금은 3킬로그램 감량한 상태예요. 의사 선생님이 지금은 초기라 일단 약을 먹지 않고 관리해보자고 하는데, 대신 반드시 체중을 줄여야 한다고 하더라구요.

당뇨병은 완치가 안 되는 병으로 알고 있습니다. 심각한 합병증도 많구요. 혈관 계통에 문제가 생겨서 중풍이나 심장병은 물론이고 시력을 잃거나 신장이 망가져 투석을 받아야 하는 경우도 있다고 들었습니다. 제 나이 겨우 사십 대 초반인데, 무섭고 막막하네요. 약을 먹어야 하는 것 아닌가 걱정이 들기도 하고, 또 약을 평생 먹는다면 부작용이 걱정되기도 합니다. 저처럼 당뇨병 진단을 받은 사람도 노력하면 다시 정상 수치로 될 수 있는 건가요? 정상 수치로 갈 수 있다면 노력해보려구요.

벼랑위의당뇨   2017-12-01 15:40:10

당뇨에 걸리면 다음 세 가지 증상이 나타납니다. 다음, 다뇨, 다식. 확인해보세요.

Nato   2017-12-01 15:50:05

당뇨병 앓은 지 이 년째입니다. 위의 분이 말씀하신 증상은 당뇨병 초기엔 안 나타날 수도 있어요. 당분간 혈당 변화를 좀 지켜보셔야 할 겁니다. 저는 약 먹고 아침 공복 혈당 120대, 식후 2시간 180 이하로 유지 중입니다. 그리고 공복 혈당 수치보다 최근 삼 개월 간 평균 혈당에 해당하는 당화혈색소 수치가 중요합니다. 피 검사 자주 해보시고 의사 선생님 말씀 잘 따르셔야 합니다.

아메리카노 2017-12-01 16:15:32

관리 잘 하면 좋아질 수 있어요. 우리 남편도 작년에 실직하고 나서 스트레스 많이 받고 매일 술 마시면서 혈당이 150까지 올라 당뇨병 진단을 받았어요. 다행히 재취업이 되면서 맘이 편해지고 매일 한 시간씩 걷기 운동을 하더니 지금은 110까지 떨어졌어요. 남편도 아직 약은 안 먹고 지켜보고 있습니다. 기운 내세요.

Firefly 2017-12-01 16:16:25

당뇨병이 평생 관리해야 하는 병인 것은 맞습니다. 하지만 관리를 잘 하면 평생 큰 합병증 없이 살 수 있는 것도 맞아요. 초기 관리가 중요하니 지금 열심히 노력하셔야 합니다. 보통 당화혈색소 7퍼센트 미만을 목표로 하지만, 님처럼 젊은 분들은 6.5퍼센트까지 낮추면 더 좋습니다. 의사 권유대로 체중을 줄이는 게 가장 도움이 될 것 같네요. 비만 체중을 정상까지 감량하고 나서 혈당 조절이 잘 되어서 먹던 약을 끊는 경우도 있습니다.

크림빵 2017-12-01 16:20:25

댓글 주신 분들께 감사드립니다. 말씀을 들으니 마음이 좀 편해지네요. 일단 운동부터 시작해야 할 것 같습니다.

환자혁명 2017-12-01 16:21:55

당뇨병이 심각한 합병증을 일으킬 수는 있지만 사회 전체적으로 당뇨병에 대한 지나친 공포감을 조성하고 있다는 생각이 듭니다. 예전에는 공복 혈당이 110까지는 정상이었는데 몇 년 전부턴 100 이상이면 비정상이라고 하더군요. 당뇨병이 있을 때 당화혈색소도 예전엔 7퍼센트 미만으로 유지하면 된다고 했는데 요즘은 6.5퍼센트까지 낮춰야 한다고 하죠. 이전보다 더 일찍부터 약을 먹어야 한다는 말인데, 그렇게 하면 누가 가장 큰 이득을 보는 걸까요? 제약 회사나 의사들에겐 도움이 되겠죠. 그냥 당뇨병 환자를 늘리기 위한 거란 의심이 듭니다.

몸신 2017-12-01 16:50:55

동감입니다. 이상하다고 느껴지는 게 한두 가지가 아닙니다.

얼마 전엔 미국에서 고혈압 기준을 130/80으로 낮춰서 고혈압 약을 먹어야 하는 환자가 수백만 명이 늘었다고 하더군요. 평생 약을 먹으면서 생기는 부작용도 많다고 하던데, 멀쩡한 사람들을 환자로 만드는 의사나 제약 회사도 양심선언 해야 하지 않을까요?

Kauri 2017-12-01 16:59:01

기준을 넘었다고 바로 약을 먹어야 하는 건 아닐 텐데요. 미리 관리하고 예방하자는 취지에서 기준 수치를 낮춘 거라 알고 있습니다.

엑스파일 2017-12-01 17:10:51

병에 대한 기준이라는 게 합병증이나 예후 등을 종합해서 정해지는 거죠. 암의 병기病期 기준 같은 것도 변하거든요. 새로운 연구 결과가 쌓이면서 과거에 정해진 기준도 충분히 달라질 수 있습니다. 제약 회사 운운하는 건 음모론이라고 봐요. 이런 이야기에 솔깃하는 분들은 교회나 절에 가보시길 권합니다. 음모론을 믿는 것은 실체가 없다는 점에서 종교를 믿는 것과 다를 게 없거든요. 요즘은 오히려 이런 음모론을 팔아 이득을 얻는 가짜 전문가들이 많아 보여요.

명란젓코난 2017-12-01 17:15:24

(관리자에 의해 삭제된 댓글입니다.)

Firefly 2017-12-01 17:25:20

정상 혈당과 당뇨병 사이를 공복혈당장애라고 부르는데 이 기준을 110에서 100으로 낮춘 것은 그저 몇몇 의사나 제약회사가 아닙니다. 오랫동안 많은 전문가들의 논의가 있었고, 연구를 통해 확인했을 때 100을 넘으면 당뇨병이 생길 위험이 더 높다는 근거가 있었기 때문에 바뀐 거예요. 최근 미국 심장학회에서 고혈압의 기준을 낮춰야 한다고 해서 논란이 있지만, 적어도 바뀐 기준이 나오게 된 이유는 140/90일 때보다 120/80을 목표로 관리했을 때 사망 위험이 더 낮았다는 연구가 있었기 때문입니다.

꼬부기 2017-12-01 17:35:10

여주가 당뇨병에 특효라고 합니다. 천연 인슐린이라고 하던데요. 저희 어머니도 당뇨병이 있으신데 여주 달인 물을 매일 드시고 혈당이 많이 좋아지셨대요.

천기누설 2017-12-01 17:44:15

저와 같은 학교에 근무하는 선생님께서 오랫동안 당뇨병을 앓으셨어요. 당뇨병에 대해선 거의 박사 수준입니다. 그분 말씀이 여주도 좋지만 돼지감자와 양파즙이 특히 효과가 좋다고 하시더라구요. 얼마 전 케이블 프로그램에 나온 의사도 당뇨병에 돼지감자가 좋다고 하던데, 최근에 저도 건강검진에서 혈당이 좀 높게 나와서 돼지감자 달인 물을 매일 마시고 있습니다.

불량감자 2017-12-01 17:45:36

여주든 돼지감자든 믿지 마세요. 당뇨병에 좋다고 알려져 있지만 근거가 부족한 민간요법에 불과합니다. 저희 아버지가 당뇨병을 오랫동안 앓으셨어요. 좋다는 음식들 다 시험해봤지만 효과는 없었습니다. 당뇨병에 특별한 비방이란 건 없어요. 소식하고 운동 열심히 하는 것뿐입니다.

Firefly 2017-12-01 17:58:55

요즘은 인터넷이나 티브이를 통해 건강에 대한 정보를 쉽게 접할 수 있습니다. 문제는 사실과 다른 사이비 정보가 너무 많다는 거죠. 밀가루 약만 먹어도 3분의 1은 증상이 좋아집니다. 개인의 경험은 이런 플라세보placebo 효과일 수 있어요. 의사,

한의사, 건강전문가라는 분들이 나와서 하는 이야기도 과장된 내용이 많으니 너무 믿지 않는 게 좋습니다.

오래전엔 못 먹어서 생기는 병이 많았지만 지금은 많이 먹어 생기는 병이 많습니다. 그런데 아직도 어떤 병이든 무언가를 먹어서 해결하려고 하죠. 당뇨병에 좋다는 음식도 많아요. 하지만 혈당이 덜 올라가는 음식은 있어도 거꾸로 떨어지는 음식은 없습니다. 현미밥을 흰 쌀밥 대신 먹으면 혈당이 덜 올라가듯이 이런 음식들을 밥 대신 먹는다면 혈당이 덜 올라갈 수는 있겠지요. 하지만 막연히 당뇨병에 좋다고 수시로 먹어선 안 됩니다. 그리고 당뇨병 약을 먹다가 당뇨병에 좋은 음식으로 치료하겠다고 먹던 약을 임의로 끊는 것은 더 위험합니다.

아보도오루 2017-12-01 18:11:11

서양의학의 치료 방법은 거의 모두 증상만을 없애는 대증요법입니다. 당뇨병이 있으면 혈당을, 혈압이 높으면 혈압을 내리는 약을 처방하는 것입니다. 이러한 방법은 모두 질병의 원인을 제거하는 것이 아니라 질병에 나타나는 현상을 강제로 잠시 덮어두는 치료이기 때문에 그에 따른 부작용이 항시 존재하게 됩니다. 당뇨병 약도 심각한 부작용을 만들 수 있어요.

우리 몸은 스스로 대사를 조절해 최고의 효율을 낼 수 있게 되어 있습니다. 이것을 항상성이라고 하는데, 이 항상성이 유지될 때 면역력도 최고가 됩니다. 항상성을 인위적인 방법으로 깨뜨려서 나타나는 것이 약의 부작용입니다. 증상이라는 것은 일종의 몸의 신호이고, 이런 신호를 잘 살펴서 원인을 치료해주는 것이 좋은 치료법입니다. 그것을 무조건 없애는 방식의 치료는 인체의 대사 작용을 억지로 차단하거나 촉진시켜 반드시 다른 곳에 영향을 주게 되고 그것은 또 다른 부작용과 질병으로 이어집니다. 항상성과 우리 몸의 자연적인 면역력을 잘 유지해주는 것이 근본적인 치료입니다.

어벤저스 2017-12-01 18:20:15

약으로 혈당을 낮추는 것이 대증요법이라니, 헛소리 좀 작작하세요. 멀쩡하게 잘 관리하던 환자들이 댁 같은 분들 때문에 약 끊고 자연 치유 한다고 했다가 고혈당 합병증으로 응급실에 실려갑니다. 약을 과신해서 식이요법이나 운동을 안 하는 것도 문제지만 부작용 피한다고 꼭 필요한 약을 안 먹는 건 더 문제예요.

소람 2017-12-01 18:21:43

제가 잘 아는 한의사 분은 당뇨병도 완치할 수 있다고 합니다.

당뇨병 약은 췌장을 인위적으로 짜내기 때문에 결국 췌장이 굳어버린다고 하더라구요. 당뇨병 약을 먹는 환자도 일 년 정도만 꾸준히 한약을 복용하면 약을 끊는다고 하셨어요. 쪽지 주시면 한의원 위치 알려드리겠습니다.

린나이 2017-12-01 18:25:30

어느 한의원인가요? 현대 의학으로 해결하지 못한 당뇨병을 완치한다니. 원장님 방에 노벨상 넣어드려야 겠어요.

Firefly 2017-12-01 18:30:25

혈당이 올라가는 것은 표면적인 현상이지만 약으로 혈당을 낮추는 것이 근본적인 치료를 외면하는 것은 아닙니다. 혈당을 낮추는 것이 당뇨병의 합병증을 예방하는 가장 좋은 방법이라는 것은 오랫동안 과학적 연구로 수없이 증명된 사실이에요. 안타깝지만 당뇨병을 '완치'할 수 있는 방법은 아직 없습니다.

　　현대 의학은 완벽하지 않습니다. 완벽한 것이 아니기에 틈새는 언제나 존재합니다. 하지만 이러한 틈새를 인정하고, 끊임없이 그것을 메우려는 노력을 해온 것이 의학의 역사이고 과학의 본질입니다. 사이비 전문가들은 이런 틈새를 교묘하게 파고듭니다. 이런 사람들 입장에선 병원과 의사에 대한 불신이 늘어날수록 좋습니다. 요즘 사이비 전문가들이 활개를 치고 있는 것도 여러 이유로 병원과 의사에 대한 불신이 커진 상황과 무관하지 않습니다. 현대 의학의 문제점에 대한 비판은 필요하지만 과학적 근거가 없는 사이비 전문가의 대안을 따라가는 것은 호환마마보다 더 위험합니다. 결국 피해를 보는 건 환자들입니다.

사이비 전문가에게 피해를 보지 않으려면, 힘들고 귀찮지만 결국 환자가 좀 더 똑똑해져야 합니다. 제대로 알아야 하는 상황이라면 요즘은 한글로 된 논문들도 쉽게 찾을 수 있습니다. 쉽게 쓸 수 있는 몇 가지 팁을 드릴게요. 일반적인 의사들과 다른 이야기를 하는 전문가는 일단 의심할 필요가 있습니다. 종편 채널에 자주 나오는 전문가 말은 귀담아듣지 않는 게 건강에 더 이롭습니다. 아, 사이비 전문가들도 유행을 타는데 요즘엔 면역력이란 단어가 뜨는 것 같더군요. 이런 단어를 자주 쓰는 분들이라면 일단 거르시길 권합니다.

2016년 대한의학회에서 발표한 국내 소비자 건강 정보 제공

경로에 대한 보고서에 따르면 의료인 등 전문가에 비해 인터넷, 티브이 프로그램, 신문이나 잡지, 가족이나 지인 등으로부터 건강 정보를 얻는 비율이 월등하게 높았다. 그중에서도 인터넷과 티브이는 가장 높은 비율을 차지하고 있으며 이들을 통해 제공되는 건강 정보는 계속 늘어나는 추세다.

최근에는 티브이에서 예능 형식의 건강 정보 프로그램을 쉽게 볼 수 있다. 시청자의 관심을 끌기 쉬운 내용을 주로 다루는데, 이 과정에서 시청자들이 개인의 경험이나 특정 사례를 마치 과학적으로 검증된 정보처럼 받아들이게 되는 문제점이 있다. 서울대학교 언론정보연구소 박아현 박사는 건강 정보 프로그램의 문제점을 분석한 논문에서 "특정인의 체험 사례를 과대 포장하여 일반화하거나 특정 사례를 바탕으로 특정 치료법이나 식품의 효과를 단정적으로 표현하여 시청자들에게 부정확한 정보를 전달하는 것은 건강 정보 프로그램에서 흔히 발견되는 오류"라고 지적했다.*

건강 정보는 태생적으로 제공자와 소비자 간에 정보 비대칭성이 클 수밖에 없으므로 정보를 접할 때 주의를 기울일 필요가 있다. 하지만 다양한 경로를 통한 건강 정보가 급증하면서 검증되지 않은 정보로 인한 부작용도 커지고 있다.

* 박아현. 〈최근 건강의료정보 프로그램의 경향 및 문제점〉《J Korean Med Assoc》, 2016:59(10):757–762.

2012년에 출간된 『병원에 가지 말아야 할 81가지 이유』라는 책은 당시 베스트셀러 목록에 오르면서 큰 인기를 끌었다. 책의 내용이 인터넷 게시판이나 SNS 등을 통해 반복적으로 유통되기도 했고 이후 비슷한 책들이 출간되기도 했다. 저자의 주장은 단순하다. 현대 의학은 증상만 없앨 뿐 근본적인 치료를 하지 못하고 부작용만 일으키므로 거부해야 하며, 인체의 자연 치유 능력을 강화하는 치료를 해야 한다는 것이다.

담배가 천연의 약초이고 자연식품으로 암을 고칠 수 있다는 이런 황당한 주장이 인기를 끈 배경에는 현대 의학에 대한 문제의식이 자리 잡고 있다. 현대 의학의 한계에 대한 지적은 타당할 수 있지만, 이런 책들의 더 큰 문제는 근거 없는 주장을 퍼뜨리기 위해 기존 의료계에 대한 반감이나 불신을 교묘히 이용한다는 것이다. 결국 이 때문에 피해를 보는 것은 다수의 환자다. 책의 저자인 허현회는 2016년 당뇨병과 결핵 합병증으로 사망했고 당시 그의 나이는 55세였다.

유전학자 김우재 박사는 허현회라는 개인이 한국 사회에서 이토록 큰 권위를 얻게 된 기저에는 "과학적 삶의 양식의 부재"가 깔려 있다고 지적했다. 또한 근거 없는 소문을 들었을 때 경험에 기대 의심해보고, 중요한 의사 결정을 할 때 최대한 많은 이들의 의견을 묻고, 폐쇄적인 의사 결정보다는 열린 의사 결정의 건강함을 따르고, 권위가 아니라 합리적

민주주의의 힘을 믿는 것, 이 모든 상황들이 과학적 삶의 양식이 정착한 사회라면 자연스레 나타나는 문화라고 말했다.[*]

최근의 유사 사례로는 '안아키(약 안 쓰고 아이 키우기)'라는 인터넷 카페를 들 수 있다. 특정 한의사의 치료법을 전달하는 역할을 한 이곳에서는 필수 예방 접종을 거부하고 자연 치유를 강조한다. 이 한의사는 수두에 대한 면역력을 만들기 위해 일부러 수두에 걸린 아이들과 접촉하게 하고, 아토피 피부염 치료를 위해 피부를 긁어내고 햇볕을 쬐라고 권한다. 또한 회원들로 하여금 아이에게 숯가루를 먹이거나 화상을 입은 피부를 뜨거운 물에 담그도록 하는 등 근거가 없는 민간요법을 따르도록 해서 아동 학대 논란을 일으킨 바 있다. 시민 단체에서는 카페 운영자 등을 아동 학대 혐의로 고발했으며 대한한의사협회는 해당 한의사를 윤리위원회에 회부했지만 실제 처벌이 이루어졌다는 보도는 없었다. 이 카페는 2017년 5월에 폐쇄되었다가 오래지 않아 "안전하게 아이 키우기"라는 이름으로 다시 개설되기도 했다. 2018년 2월 검찰에서는 이 한의사를 식품위생법 위반 등의 혐의로 기소했다.

---

[*] 김우재, 〈야! 한국 사회: 허현회의 죽음〉, 《한겨레》, 2016년 8월 16일, 26면.

성적으로 활발한 세상의 감기

성매개감염과 헤르페스

김희정 씨는 대기실 의자에 앉은 남자를 힐끗 쳐다보았다. 화니프라자 이 층에 검도관이 생긴 지는 일 년 남짓 되었지만 관장이 반딧불 의원을 찾은 것은 처음이었다. 호리호리하고 탄탄한 체구와는 달리 하얀 피부에 쌍꺼풀 없는 기다란 눈이 삼십 대 초반의 나이임에도 소년 같은 느낌을 풍겼다. 언뜻 보면 요즘 대세라는 아이돌 그룹의 멤버를 닮은 것 같기도 했다. 들리는 말로는 초등학생 회원이 늘면서 검도관 운영도 비교적 빨리 자리를 잡았다고 한다. 병원이든 식당이든 학원이든 잘 되려면 입소문이 중요한 법이다. 아이들을 가르치는 곳은 무엇보다 엄마들의 평판이 가장 중요하다는 것을 김희정 씨도 알고 있었다. 그런 의미에서 여성의 호감을 불러일으킬 만한 관장의 외모와 예의 바른 태도는 검도관의 안정적인 영업에 도움이 되었을 것이다.

김희정 씨는 지난주에 보았던 잡지의 지면을 떠올렸다. 한 달에 한 번 나오는 지역 잡지로 근처의 맛집이나 가게 홍보, 동네의 소소한 소식 등이 주된 내용이었다. 치과 의원 소개 기사를 보고 반딧불 의원도 잡지에 내보면 어떨까 생각하며 뒤적이던 참에 이달의 기획 기사가 눈에 띄었다. "우리 동네 훈남을 소개합니다"라는 제목의 세 면짜리 기사에는 동물 병원 원장, 아파트 상가 은행의 대리, 피트니스 클럽 트레이너, 커피숍 아르바이트 직원(이 커피숍은 김희정 씨도 종종 가는 곳이었다) 등 이 동네에서 일하는 다양한 직종의 젊은 남성들이 사진과 함께 소개되어 있었다.

대부분 어색한 미소와 포즈의 사진이었지만 제법 모델 비슷한 분위기를 풍기는 사람들도 있었는데, 그 가운데 유독 튀는 사진의 주인공이 한국 검도관 최민우 관장이었다. 모든 사진 옆에는 간단한 프로필과 몇 가지 공통 질문이 짧게 적혀 있었다. 키와 몸무게, 생일과 별자리(맙소사, 별자리라니. 하이틴 잡지도 아니고), 혈액형, 취미, 읽고 있는 책 같은 것이었다. 검도관

관장이 읽고 있다고 답한 책은 무라카미 하루키의 소설이었다. 김희정 씨는 사진 속 선한 미소를 띤 그의 얼굴을 보며 자신에게도 초등학교에 다니는 아이가 있다면 그가 운영하는 검도관에 보내고 싶은 마음이 들었을지도 모르겠다고 생각했다.

병원에 온 이유를 묻는 그녀의 질문에 그는 예의 선한 미소를 지으며 짧게 답했다. "원장님께 상의드릴 게 있어서요." 환자라면 대개 자신의 불편함을 누군가가 알아주길 원한다. 때문에 이야기를 하는 것만으로도 위로 받는다는 느낌이 든다. 일단 병원 문턱을 들어서면 상대가 의사든 간호조무사든 병원 바깥에서보다 자신의 문제를 쉽게 꺼내놓기 마련이다. 그럼에도 선뜻 말하지 못한다면 감추고 싶거나 민감한 문제일 수 있다. 정신적인 문제일 수도 있을 것이다. 우울증이나 강박증 같은 문제가 그의 외모와 어울릴 것 같지는 않았지만.

그녀는 진료실 문을 열고 들어가는 최민우 씨를 보며 병원을 찾은 이유가 무엇일지 생각했다. 적어도 감기에 걸렸다거나 잠이 안 온다거나 두통이 있다거나 혈압이 높다거나 하는 흔한 문제는 아닐 것이었다.

"최 관장님이 병원에 오신 건 처음인 것 같은데, 무슨 일로 오셨나요?"

"소변검사를 하고 싶어서요."

의사는 눈썹을 살짝 찌푸렸다. 증상보다 구체적인 검사를 먼저 이야기하는 환자가 더 까다롭다. 하나의 질병은 대개 다양한 증상을 나타내고 그중 일부는 다른 질병의 증상과 비슷할 수 있다. 방송이나 책에서 위중한 질병에 대한 내용을 보고 한두 가지 비슷한 증상만으로 걱정이 되어 병원을 찾는 경우도 이런 예다. 요즘처럼 건강 정보가 넘쳐나는 세상에서는 잘못된 정보에 휘둘릴 가능성도 높아진다. 잘못된 정보로 인해 부적절한 검사를 원하는 환자의 경우 의사 입장에서는 증상의 원인을 찾는 것 외에도 환자의 잘못된 인식을 바꾸기 위한 노력까지 해야 한다. 때로는 의사가 환자의 선입견에 휘둘려 불필요한 검사를 하거나 잘못된 판단을 하는 경우도 있다. 그러므로 진료실에서는 특정 질병에 대한 검사를 요구하기보다 먼저 자신의 증상을 구체적으로 전달하는 것이 의사뿐 아니라 환자 자신에게도 더 도움이 된다.

"검사를 원하시는 이유를 여쭤봐도 될까요?"

"그냥 좀… 소변보는 게 이전처럼 개운치가 않아서요."

"소변볼 때 통증이 있거나, 자주 마렵거나 참기가 어렵다거나 하는 문제는 없나요?"

"그렇지는 않아요. 최근에 몸살기가 있긴 했지만."

"증상이 좀 애매하군요."

"저도 구체적으로 말씀드리기가 어렵네요. 그래서 일단 검사를 해보면 뭔가 이상이 나오지 않을까 생각이 들어서요."

개중에는 표현하기 어려운 증상도 있지만, 애매한 증상 뒤에는 예상치 못한 문제가 숨어 있는 경우도 있는 법이다. 의사는 환자의 표정을 찬찬히 살펴보았다. 그는 의사의 시선을 피해 눈을 내리깔았다.

"말씀대로 소변검사를 해보기로 하지요."

"그런데 소변검사를 하면 성병이라거나 뭐 그런 것도 알 수 있는 거겠지요?"

메인 메뉴에 딸린 에피타이저를 확인하는 것처럼 자연스러운 말투였다. 함께 서비스된다면 좋지만 그렇지 않아도 상관없다는 듯한. 하지만 성병이란 단어를 떠올리고 병원을 찾았다면 그럴 만한 이유가 있기 마련이다. 의사는 그의 질문에 바로 답하지 않고 손가락으로 자판을 치듯 가볍게 책상을 두드렸다. 예상했던 것보다 침묵이 길어지자 최민우 씨는 어색한 미소를 지었다.

"소변검사로 알 수 있는 건 별로 없어요. 염증이 심한 경우에는 소변에 섞여 나오기도 하지만 그렇지 않은 경우가 훨씬 많으니까."

잠시 무언가를 생각하던 의사는 차분하게 말을 이었다.

"증상에 맞는 검사를 해야 치료도 제대로 할 수 있지요. 구체적인 증상을 알면 도움을 드릴 수 있습니다."

최민우 씨의 얼굴이 순간 붉게 달아올랐다. 그는 가벼운 한숨을 쉬고 말을 이었다.

"이틀 전부터 성기랑 사타구니 주변에 빨갛게 물집이 여러 개 잡혔어요. 많이 아프진 않지만 약간 아린 느낌도 있구요."

"그쪽에 문제가 생긴다고 다 성병은 아니에요."

"사실 열흘쯤 전에 클럽에서 우연히 만난 여자와 성관계를 했어요. 그때 옮았을지도 모르겠다는 생각이 들어서요. 지금까지 이런 적은 한 번도 없었는데 재수가 없었던 것 같습니다."

"콘돔은 썼나요?"

"아, 아니요."

예상하지 못했던 의사의 질문에 그가 더듬거리며 대답했다. 의사는 바지를 내리게 하고 그의 사타구니 주변을 살펴보았다.

"헤르페스 바이러스 감염으로 보이네요."

"헤르페스요?"

"피곤하면 입술 주변에 물집이 잡히는 경우가 있지요? 그건 1형 헤르페스 바이러스 때문입니다. 비슷한 증상이 성기 주변에 생기는 건 2형 헤르페스 때문이에요. 물론 성관계로 전염

됩니다. 말씀대로 열흘 전에 감염되었을 거예요."

"그럼… 어떻게 치료하나요?"

"시간이 지나면 나아질 수 있지만 항바이러스제를 먹는 게 좋습니다. 증상이 빨리 좋아지고 전염력도 낮출 수 있거든요. 문제는 재발할 수 있다는 겁니다. 약을 먹으면 앞으로의 재발도 줄일 수 있지만 재발을 완전히 예방하진 못해요. 바이러스가 몸 안에 숨어 있다가 과로를 했다거나 체력이 떨어졌을 때 다시 증상을 일으킬 수 있습니다."

최민우 씨는 당황스러워 하고 있었다. 병원을 찾아오면서 치료가 필요할 거란 생각은 했지만 완전히 치료가 안 될 수도 있다는 생각은 해본 적이 없었다.

"제가 다른 사람에게 전염시킬 수도 있나요?"

"그렇죠. 특히 지금처럼 증상이 있을 땐 전염이 잘 됩니다."

그는 이제 거의 울상을 짓고 있었다.

"며칠 전에도 여자 친구와 관계를 했는데요."

"여자 친구도 감염되었을 수 있겠네요. 임신 중이라면 큰 문제가 될 수 있습니다만."

"아뇨! 그럴 리가. 임신 중은 아니에요."

황급히 큰 소리로 대답한 그가 머쓱함을 느꼈는지 뒤를 돌아보았다. 진료실 문은 닫힌 상태였다.

"그렇다면 다행이지만, 증상이 좋아질 때까지는 여자 친구와 관계하지 마세요. 만약 여자 친구도 증상이 생기면 바로 치료를 받아야 합니다. 앞으로 관계할 때는 콘돔을 쓰세요. 그리고 물집이 재발하게 되면 증상이 있는 동안엔 성관계를 하지 않는 게 좋습니다."

"완전히 예방하는 방법은 없나요?"

"헤르페스 감염을 막는 완벽한 방법이라면, 성관계를 안 하는 거죠."

최민우 씨는 순간 자신이 목사의 설교를 듣는 신도라도 된 기분이 들었다. 혼란스럽기도 하고 의사의 표정과 말투가 진지해서 농담이란 걸 깨닫는 데 시간이 걸렸다. 그런데 목사도 섹스를 할 수 있는 것 아닌가? 초등학교 교사인 여자 친구와는 올해 결혼을 생각하고 있었다. 다른 사람으로부터 바이러스에 감염되었다는 것을 그녀에게 감출 수 있을지, 이야기를 한다면 어디까지 해야 할지, 그녀가 감염이 되었다면 어떻게 해야 할지, 머릿속이 복잡했다.

"차선책은 당연히 콘돔입니다. 하지만 콘돔이 백 퍼센트 예방해주는 건 아니에요."

"완전히 나을 수 없다면 불치병이란 거네요. 게다가 예방도 어렵고. 한 번의 실수로 겪어야 할 일치고는 너무 가혹한데요.

이제 앞으로 어떻게 해야 할까요?"

"한 번의 실수는 아닌 것 같은데요."

침울한 표정이었던 그의 얼굴이 의사의 담담한 말투에 다시 한번 달아올랐다. 하얀 피부 때문에 붉어진 얼굴이 더 도드라져 온몸의 피가 얼굴로 몰렸다 해도 믿을 수 있을 지경이었다. 의사는 다시 차분하게 말을 이었다.

"헤르페스는 성관계로 생기는 질환 중에 가상 흔한 문제 중 하나입니다. 미국에선 성인 다섯 명 중 한두 명은 바이러스를 가지고 있어요. 성적으로 활발한 성인이라면 살면서 언젠가 감기에 걸리듯 헤르페스 증상을 겪을 수 있지요. 그리고 다른 합병증이 있다거나 치명적인 병도 아니에요. 몸살 기운이나 물집이 잡히는 증상이 며칠 동안 있지만 그뿐입니다."

다섯 명 중 한두 명이라니. 그동안 클럽에서 만났던 여자들 중에 몇 명이나 이 이상한 이름의 바이러스를 가지고 있었을까. 그는 머릿속으로 숫자를 헤아려보았다. 어쩌면 그동안 증상이 없었던 게 운이 좋았던 것일지도 모른다.

"지금은 성병이란 말보다 성매개감염이란 용어를 써요. 헤르페스처럼 감염이 되었다고 다 증상이 생기는 건 아니고 증상 없이 바이러스를 가지고만 있는 경우도 많거든요. 확진을 위해 검사는 해두어야 하니 물집에서 검체를 채취할 거예요.

그리고 항바이러스제를 처방해드릴 테니 약을 먹고 이 주 뒤에 오세요. 그때 검사 결과도 알 수 있을 겁니다. 다른 성병에 대한 검사도 필요한데, 그때 다시 상의하지요."

최민우 씨의 표정에 다시 불안감이 떠올랐다. 냉탕과 온탕을 오가는 기분이었다. 한 시간 동안 죽도를 휘두르는 것보다 진료실에 앉아 있는 겨우 몇 분 동안 더 녹초가 되어버린 것 같았다.

"여자 친구에게 이야기를 해야 할까요?"

"의사로서 답을 주길 원하는 거라면, 당연히 여자 친구도 알 필요가 있습니다. 이번에 여자 친구에게 증상이 생기지 않는다 해도 검사는 받아야 하거든요. 그리고 본인뿐 아니라 두 사람 모두에게 문제가 될 수 있는 걸 계속 숨기긴 힘들겠지요. 감기에 걸렸을 때 그걸 감추는 게 어려운 것처럼 말이죠."

최민우 씨는 한숨을 내쉬며 일어섰다. 처방을 입력하던 의사가 돌아서려는 그에게 덧붙여 말했다.

"누구나 성병에 걸릴 수 있고, 성병에 걸리는 게 모두 문란한 성생활을 했기 때문은 아닙니다. 하지만 파트너가 많아질수록 감염될 확률도 높아지는 건 어쩔 수 없어요. 앞으로는 여자 친구에게 미안한 일 만들지 않는 게 좋을 것 같네요. 이건 의사로서 말하는 충고는 아닙니다."

성관계로 전염될 수 있는 질환을 흔히 성병이라고 한다. 매독, 임질과 같은 오래된 병명부터 클라미디아 감염, 트리코모나스 질염, 헤르페스 감염과 같은 다소 생소한 이름까지, 그리고 옴이나 사면발이증 같은 사소하지만 지저분하게 들리는 병부터 인간면역결핍바이러스Human Immunodeficiency Virus, HIV 감염과 같은 공포의 대상까지 매우 다양한 병이 이 질환군에 속한다. 과거에는 증상이 나타난 질병의 치료에 초점을 맞추었지만 그것만으로는 감염을 줄이는 데 한계가 있다. 감염된 후 본인은 증상이 없으면서 다른 사람에게 원인 균을 전파하는 경우가 흔하기 때문이다. 그러므로 최근에는 무증상 감염자에 대한 관리의 중요성이 부각되고 있다. 과거 성매개질환 Sexually Transmitted Disease, STD이라 불렀던 질병의 이름을 현재는 성매개감염Sexually Transmitted Infections, STI으로 바꾼 것도 그런 이유 때문이다.

성기단순포진genital herpes은 대표적인 성매개감염으로 단순포진(헤르페스) 바이러스가 원인이다. 감염이 된 후 일주일 정도의 잠복기를 거쳐 성기 주변에 여러 개의 작은 물집이 생겼다가 서서히 사라지는 것이 전형적인 증상이다. 매독, 임질, 클라미디아 감염과 같이 심각한 합병증을 일으키지는 않지만 이들 질병이 쉽게 완치가 가능한 반면 헤르페스는 한 번 감염되면 평생 잠복 감염 형태로 지속되면서 재발이 반복된다.

헤르페스는 질병 자체의 증상이 심하지는 않지만 반복되는 재발로 심각한 질환 못지않은 정신적 스트레스를 유발하는 경우가 많다. 항바이러스제로 치료를 하면 증상 호전에 도움이 되고 전염력과 재발을 낮출 수 있으므로 완치가 불가능하다 해도 증상이 생겼을 때는 치료받는 것이 좋다. 특히 임산부가 헤르페스에 감염된 경우에는 태아나 신생아의 감염 위험도 높아지므로 반드시 의사와 상의해야 한다. 재발이 지나치게 잦은 경우에는 항바이러스제를 수개월 이상 꾸준히 복용하는 예방 요법이 도움이 되지만, 이 경우 보험 적용을 받을 수 없다.

파트너에 대한 검사나 치료가 필요한 성매개감염의 경우 파트너에게 이를 알려야 하는데, 성매개감염을 성적으로 문란한 사람이 걸리는 질병으로만 보는 시각은 환자로 하여금 질병을 감추거나 파트너에게 책임을 전가하게 만들기에 예방과 치료에 걸림돌이 된다. 실제로 섹스를 하는 사람이라면 누구나 성매개감염에 노출될 수 있다. 그런 의미에서 외국에서는 헤르페스와 같은 성매개감염을 두고 "성적으로 활발한 세상의 감기common cold in sexually active world"라는 은유적 표현을 쓰

기도 한다. 우리도 이러한 질환에 대해 열린 태도를 갖고 의료
진과 상의할 수 있는 사회적 분위기를 조성할 필요가 있다.

2016년 개정된 질병관리본부 지침에서는 성매개감염 예
방과 합병증을 줄이기 위해 성관계를 하는 25세 이하 모든
여성, 그리고 25세 이상의 고위험 여성(새로운 파트너, 두 명
이상의 파트너, 다른 파트너가 있는 남성의 파트너)에게 매
년 임질균, 클라미디아 등에 대한 성매개감염 검진을 받도록
권하고 있다.

잠도 오지 않는 밤에

불면증에 대처하는 방법

　최영호 씨는 눈을 뜨고 반사적으로 고개를 돌렸다. 침대 옆 협탁에 놓인 디지털시계가 여섯 시 이십오 분을 표시하고 있었다. 시와 분을 나타내는 숫자 사이의 쌍점이 규칙적으로 깜빡였다. 네 시쯤 시계를 본 뒤에는 설핏 잠이 들었던 것 같다. 두 시간 쯤은 잔 셈이다. 조금이라도 더 잘 수 있으면 좋으련만. 눈꺼풀은 무거운 데 최영호 씨의 바람과는 달리 머릿속은 점점 맑아지고 있었다. 그동안의 경험으로 볼 때 잠을 더 자긴 틀린 것 같다. 어차피 직원 퇴근 시간인 여덟 시에 맞추려면 지금 일어나야 했다. 부엌에서 아침을 준비하는 아내의 칼질 소리가 들렸다.

시계가 규칙적인 기계음을 토해내기 시작했다. 최영호 씨는 쓴웃음을 지으며 알람을 껐다. 매번 뒤늦게 울리는 시계는 주인을 깨우는 본래의 역할을 못한 지 오래였다. 어깨가 뻐근했다. 전날 재고를 정리하며 상품을 옮기느라 안 쓰던 근육에 힘을 쓴 탓인 것 같았다. 최영호 씨는 침대 가장자리에 앉아 어깨를 주무르며 애꿎은 시계를 원망스럽게 쳐다보았다. 개업식 날 선물로 들어온 납작한 상자 모양의 나무 색깔 시계는 요즘 추세에 맞게 라디오와 블루투스 스피커 역할까지 할 수 있는 다용도 제품이었다. 반들반들한 상판에는 개업식 날짜와 함께 "화니프라자 번영회 회원 일동"이라는 검정색 궁서체 글자가 인쇄되어 있었다.

최영호 씨가 편의점을 차린 것은 일 년 반 전이었다. 십오 년 다닌 회사를 그만두는 데는 일주일이면 충분했다. 사십 대 중반의 나이에 재취업은 쉽지 않은 일이었고 퇴직금 오천만 원으로 가능한 선택지 역시 많지 않았다. 자영업에 대해서는 아는 게 없었고 퇴직 후 식당이나 술집 등을 차렸지만 얼마 버티지 못하고 가게를 접는 지인들도 종종 보았던 터였다. 택배 기사라도 해볼까 싶었지만 자정이 가까운 시간에도 택배 박스를 내려놓고 다음 배달을 하러 급히 사라지는 그들을 떠올리면 엄두가 나지 않았다. 차일피일하다 한 달이 훌쩍 지났고 그는 점점 초조해졌다. 문득 편의점이라면 어떨까 하는 생각이 든 것은 어느 날 담배를 사러 집 근처 단골 편의점에 들렀을 때였다.

일단 결정하고 나니 준비는 일사천리로 진행되었다. "안정적인 수입을 낼 수 있을 겁니다." 본사의 가맹 상담 직원은 자신 있는 말투로 "안정적"이라는 단어에 힘을 주었다. 편의점을 내려면 더도 말고 덜도 말고 딱 퇴직금만큼의 돈이 필요했다. 최영호 씨는 왜 길거리에 편의점이 이렇게 많아졌는지 알 수 있을 것 같았다. 개업이 가까워지면서 그동안 모아두었던 돈은 거의 바닥을 드러냈다. 통장에 찍힌 숫자를 확인할 때면 허무함과 함께 불안한 마음이 들기도 했지만 한편으로는 빚 없이 새로운 일을 시작할 수 있는 것만 해도 다행이라 생각했다.

편의점을 찾는 손님은 꽤 많았다. 두 달이 지난 뒤에는 단골도 제법 생겼다. 물건은 꾸준히 팔렸고 매출도 늘었지만 수입은 생각만큼 늘지 않았다. 본사에 내야 하는 수수료 외에 임대료, 아르바이트 직원의 인건비 등 고정 비용을 제외하면 월말에 통장에 남는 돈은 삼백 만 원이 채 안 되었다. 무언가 다른 방법을 찾아야 했다. 세 달째부터는 야간에 일하는 아르바이트 직원을 한 명 줄였다. 대신 일주일에 이틀은 최영호 씨가 야간에도 매장을 지켜야 했다. 밤샘 근무 다음 날 아침은 아내에게 매장을 맡겼다가 오후 세 시쯤 다시 출근했다. 밤새 몰려오는 졸음을 쫓으며 만 하루의 근무를 마치고 퇴근하면 몸은 파김치가 되었지만 막상 오랜 시간 잠을 이루지는 못했다. 그래도 다시 편의점에 나가 일을 하려면 수면 시간을 최대한 확보해야 했다. 그는 집에 도착하자마자 두꺼운 커튼으로 창을 가리고 돌진하듯 침대에 올라가 수면 안대와 귀마개를 착용한 뒤 잠을 청하곤 했다.

월말 통장 잔고는 이전보다 늘었지만 최영호 씨의 다크서클은 심해졌다. 원래 작은 체형인데다가 체중이 오 킬로그램이나 줄어 비쩍 마른 몸이 되었다. 보다 못한 아내의 권유로 삼개월 전쯤 병원을 찾았고, 그날 당뇨병 진단을 받아왔다. 최영호 씨는 고민 끝에 다시 야간 아르바이트 직원을 늘리기로 했다. 당뇨병이 올 정도로 건강이 나빠졌으니 밤새 버티는 건 무리였다. 매일 아침 여덟 시에 출근하고 저녁 여섯 시에 퇴근하는 규칙적인 일상으로 돌아간다는 뜻이었다. 수입은 다시 줄어들겠지만 밤낮이 바뀌어 생체 리듬이 뒤죽박죽되는 일은 없을 것이다. 최영호 씨는 퇴근 후 집 근처 학교 운동장이라도 나가야겠다고 생각했다.

불면증이 심해진 것은 야간 근무를 그만둔 이후부터였다.

퇴근 후 저녁을 먹고 나면 금방이라도 졸음이 쏟아질 것 같았지만 학원에서 돌아올 아이들과 얼굴이라도 맞대려면 피곤함을 참아야 했다. 그런데도 밤에 침대에 눕는 순간 정신이 말똥말똥해졌다. 숙면에 좋다는 따뜻한 우유도 마셔보고 자기 전에 침대에 누워 재미없는 책도 읽어보았지만 소용이 없었다. 당뇨병 진단을 받은 뒤에는 밤 아홉 시쯤 나가 삼십 분쯤 속보로 걷곤 했는데, 몸이 피곤해지면 잠이 잘 올 것 같아서 운동장을 뛰어보기도 했다. 하지만 숨이 턱에 찰 때까지 땀을 뻘뻘 흘리며 뜀박질한 날에도 불면증은 나아지지 않았다. 옆에 누운 아내의 숨소리를 들으며 침대 안에서 뒤척거리다 보면 매번 새벽 한두 시를 훌쩍 넘기기 일쑤였고, 그럴 때면 자포자기의 심정으로 거실 소파에 앉아 케이블 심야 영화 채널을 멍하니 바라보곤 했다.

회사에 다닐 때는 취침과 기상 시간이 자로 잰 듯 일정했다. 열한 시부터 아침 여섯 시까지, 어디서든 베개에 머리만 대면 금세 잠이 들었고 중간에 깨는 일도 없었다. 불면증으로 병원에 다닌다는 동료들의 푸념은 먼 나라 이야기처럼 들렸다. 하긴 퇴직을 하기 전에는 내 사업을 한다는 게 이렇게 힘든 건지 미처 몰랐다. 다음 달에는 근처에 편의점이 하나 더 생긴다고 했다. 고만고만한 규모의 비슷한 매장이라 매출에 타격을 입을 것이 뻔했다. 최저임금이 오른다고 하는데 늘어날 인건비를 어떻게 감당해야 할지도 걱정이었다. 사회 전체적으로 보면 바람직한 방향이라고는 생각했지만 그 부담을 자신과 같은 영세 업주가 모두 지게 되는 것 같아 억울한 생각이 들기도 했다. 꿈쩍도 하지 않는 본사 수수료와 매년 꼬박꼬박 오르는 건물 임대료도 원망스러웠다. 불면증이 심해진 건 어쩌면 스트레스 때문인지도 몰랐다.

"혈당이 지난달보다 올랐네요. 약은 잘 드신 것 같은데, 그 동안 다른 변화가 있었나요?"

검사 결과를 들여다보던 의사의 질문에 최영호 씨는 무거운 눈꺼풀에 힘을 주며 이맛살을 찌푸렸다. 당뇨병 진단을 받은 뒤로는 한 달에 한 번씩 같은 건물 삼 층의 반딧불 의원을 찾았다. 치료를 시작하고 지난번까진 혈당 수치가 많이 좋아졌다고 했다. 빠졌던 체중도 절반 정도는 회복한 상태였다. 그런데 오늘 검사 결과는 썩 좋지 않아 보였다.

"아뇨. 큰 변화는 없었어요. 운동도 꾸준히 하고 있습니다. 그냥… 요즘 잠을 통 못 자서 피곤해요."

"야간 근무는 그만두셨다고 했던 것 같은데요."

"당뇨병이 생긴 뒤부턴 밤일은 안 해요. 그런데도 그 뒤로 잠은 더 못 자니 미칠 노릇입니다."

"보통 몇 시쯤 주무십니까."

"열한 시요. 그런데 매번 한 시, 두 시가 넘어야 잠이 들어요. 중간에 깨는 경우도 많구요. 아침 여섯 시 반엔 일어나야 제시간에 출근을 합니다. 네 시간쯤 자면 많이 자는 날이에요. 일곱 시간은 자야 건강을 유지할 수 있는 것 아닙니까. 몸은 피곤한데 밤에는 머리가 말똥말똥해지고, 일을 해야 하는 낮에는 오히려 머리가 멍하고 졸음이 와서 커피라도 찐하게 마셔야 버틸 수 있어요."

"모든 사람에게 딱 맞는 정해진 수면 양은 없습니다. 일곱 시간이 정답은 아니라는 거죠. 그래도 낮에 피곤을 느낄 정도라면 문제가 있네요. 침대에서 잠이 안 오면 어떻게 하시나요?"

"방법이 있나요. 뒤척뒤척하는 거죠. 잠이 안 올 때 침대에 오래 누워 있는 것도 불면증엔 안 좋다고 해서 요즘은 거실에 나가서 티브이를 봐요. 그러다 운 좋게 소파에서 잠이 들기도 합니다. 자기 전에 따뜻한 우유를 마시는 게 좋다고 해서 그렇게도 해봤어요. 대추차나 허브차도 마셔봤습니다. 밤에 격한 운동을 해서 일부러 몸을 피곤하게도 해봤구요. 그런데 효과가 전혀 없었어요."

최영호 씨는 우울한 표정으로 말을 이었다. 그새 눈 밑 다크서클이 손가락 한 마디쯤은 더 깊어진 것 같았다.

"불면증이 생기기 전에는 잠을 못 잔다는 게 이렇게 괴로운 건지 몰랐습니다. 해가 기울어가면 밤이 되는 게 무섭습니다. 몇 시간 동안 침대에서 뒤척일 생각을 하면 괴롭기만 해요. 원장님, 이러다 죽는 건 아닐까요?"

"못 먹어서 죽는 사람은 있지만 못 자서 죽는 사람은 없으니 걱정하지 마세요."

그는 의사의 얼굴을 빤히 쳐다보았다. 심각한 환자를 앞에 두고 농담을 하고 있는 건가 싶었지만 의사의 표정은 진지해 보였다.

"걱정하지 말라고 하시는데 잠을 못 잔 다음 날엔 몸이 너무 힘들어요. 얼마 전엔 카운터에 앉아서 꾸벅꾸벅 졸다가 손님이 계산 안 한 물건을 그냥 가지고 나가는 것도 몰랐습니다. 어떻게든 밤에 잠을 자야 이런 일이 안 생기죠."

"잠을 자려고 애쓸수록 잠은 달아나기 마련입니다. 잠 못 자고 출근하면 피곤하고 힘들 텐데 하는 마음부터 버리고 그냥 누워서 눈 감고 쉰다고 생각하세요. 그러다 보면 또 잠깐 잠들 수도 있죠."

최영호 씨가 멍한 표정으로 눈을 천천히 끔뻑거렸다. 의사는 살짝 미소를 지으며 덧붙였다.

"저도 늘 그렇게 생각하며 침대에 눕습니다. 저는 최 사장님보다 더 늦게 자거든요."

그는 이곳이 밤에만 여는 병원이었다는 사실을 잊고 있었다. 그러고 보면 앞에 있는 헝클어진 머리에 까칠한 얼굴의 의사도 잠을 푹 잘 것 같지는 않았다. 마음이 약간은 가벼워지는 것 같았다.

"수면제를 처방해드릴게요. 효과가 있을 겁니다. 대신 오래 쓰진 않을 거예요. 원래의 수면 리듬을 찾으면 줄여보도록 하지요. 다음 날 어지럽거나 졸림이 심하면 다음에 오셨을 때 알려주세요."

"그래 까짓것. 잠 못 자서 죽는 사람 없고 잠 못 자면 다음 날 너무 힘들겠지만 어쩔 수 없지. 오늘 밤엔 이렇게 생각해보죠, 뭐."

체념한 듯 고분고분한 말투로 대답하는 최영호 씨에게 의사는 한마디 더 당부했다.

"점심 먹은 뒤부턴 커피는 절대 드시면 안 됩니다. 그리고 낮에 손님 없을 때는 가게 안에만 계시지 말고 앞에 나가서 햇볕 쬐세요. 햇볕이 최고의 수면제거든요."

"잠을 못 잔 지 십칠 일째다"라는 문장으로 시작하는 무라카
미 하루키의 소설 『잠』은 악몽을 꾼 후 심각한 불면증이 생긴
가정주부에 대한 이야기다. 그녀는 밤마다 러시아 고전을 읽
고 드라이브를 즐기며 자신만의 시간을 향유한다. 하루키의
소설 속 주인공은 불면증으로 새로운 인생을 열었지만, 현실
에서 불면증은 삶의 질을 떨어뜨리는 괴로운 문제다. 불면증
은 모든 수면 장애 가운데 발생 빈도가 가장 높은 질환으로,
일반인 가운데 약 3분의 1 정도가 불면 증상을 겪는 것으로
알려져 있다. 성인 5,000명을 대상으로 한 전화 조사 결과,
응답자의 22.8퍼센트가 불면증을 겪었으며 14.9퍼센트가 일
주일에 2회 이상 불면증을 겪는다고 답했다.*

　불면증은 심한 스트레스와 같은 유발 인자에 노출될 때
흔히 생길 수 있다. 중요한 시험을 앞두고 있다거나 실연, 가
까운 이의 죽음 등을 겪은 직후 일시적으로 잠이 안 오는 경
험은 누구에게나 있을 것이다. 대부분의 경우 원인이 되었던
사건이 해결되거나 시간이 지나면 불면증도 좋아지지만, 수
면 장애에 취약한 유전적 요인, 잘못된 수면 습관, 불규칙한

• Cho YW, Shin WC, Yun CH, Hong SB, Kim J, Earley CJ. Epidemiology of insomnia in Korean adults: prevalence and associated factors. J Clin Neurol. 2009;5(1):20-3.

수면 스케줄 등으로 인해 만성화될 수 있다. 또한 불면에 대한 걱정으로 지나친 각성 상태가 되는 것, 잠을 더 자기 위한 방어 행동(잠이 안 와도 누워 있는 것, 수면 시간이 줄어들 것을 걱정해 더 일찍 잠자리에 드는 것, 낮잠을 자는 것 등)도 만성 불면증의 원인이 된다.

수면제는 망가진 수면 패턴이 정상으로 돌아올 때까지 기간을 한정해 짧게 복용하는 것이 원칙이다. 약만 먹으면 되고 효과가 빠르므로 일단 증상을 해결한 뒤 원인이 되는 심리적, 환경적 문제의 해결에 집중할 수 있다는 장점이 있다. 하지만 흔히 쓰는 졸피뎀zolpidem 성분을 비롯한 모든 수면제는 다음 날까지 몽롱함, 어지럼증 등의 부작용을 일으킬 수 있다. 또한 장기 복용 시 의존이 생길 수 있으므로 주의해서 사용해야 한다. 수면 습관에 문제가 있는 경우 수면제만으로는 완전히 해결하기 어렵다는 점도 염두에 두어야 한다.

최근 연구에 따르면 적절한 인지행동요법이 수면제만큼의 효과를 얻을 수 있으므로 적극적으로 활용하는 것이 좋다. 대표적인 것이 자극조절치료인데 주요 내용은 다음과 같다.

(1) 전날 밤의 수면 양에 상관없이 매일 아침 일정한 시간에 일어난다.
(2) 졸릴 때만 잠자리로 간다.

(3) 침대에서는 수면에 도움이 되지 않는 활동을 피한다
(텔레비전이나 휴대폰을 보지 말 것, 일을 하거나 문
제 해결에 대해 생각하지 말 것 등. 단 섹스는 제외).

(4) 잠이 안 올 경우 침대에서 나와 다른 방으로 가고 잠
이 바로 올 것 같은 경우에만 침대로 돌아간다.

(5) 낮잠을 피한다.

인지행동요법이 효과를 나타내려면 대개 오랜 시간이 걸
리므로 꾸준히 노력할 필요가 있다. 수면 위생도 중요하다.
가령 늦은 시간의 흡연이나 카페인 섭취를 피하는 것이다.
잠자리에 들기 전 따뜻한 물에 목욕을 하거나 명상, 이완하
는 시간을 갖는 것도 도움이 될 수 있다. 낮 시간의 적절한
운동은 수면 유도에 도움이 될 수 있지만 잠자기 직전의 과
도한 운동은 오히려 각성 상태를 일으켜 불면증을 악화시킬
수 있다.

기내에 응급 환자가 발생했습니다

착한 사마리아인 법과 닥터 콜

"45H 승객, 기내식을 전혀 안 먹어요."

옆에서 기내식 카트를 정리하던 손주연 씨가 걱정스럽다는 듯 말했다.

"안색도 안 좋아 보이던데. 무슨 문제가 있는 건 아닐까요?"

카트를 정리하는 손길이 분주하게 움직였다. 업무에 익숙해지면 어떤 상황에서든 공식처럼 순서에 따라 몸이 움직이게 된다. 장거리든 단거리든 식사를 서비스할 때가 가장 바쁜 움직임이 필요한 시간이다. 손주연 씨는 아직 장거리 비행 경험이 많지 않았지만 손이 빠르고 야무져서 선배들에게 좋은 평가를 받고 있었다.

"45H?"

누군지 모르겠다는 듯 고개를 갸우뚱하는 유미현 씨의 반응에 손주연 씨가 덧붙였다.

"호빵맨 옆자리요. 반백 머리에 마른 남자."

유미현 씨는 쿡, 하고 웃음을 터뜨렸다가 당황한 얼굴로 주변을 둘러보았다. 작은 목소리였기에 객실 쪽에 들리진 않았을 것이다. 늘 몸에 배어 있는 조심성이다. 승객을 지칭할 때 보통은 좌석 번호를 사용하지만 승무원들끼리는 가끔 별명을 지어 불렀다. 손주연 씨는 이 부분에 특출한 능력을 보였는데, 평범해 보이는 승객의 특징을 용케 잘 잡아내 동료들을 웃게 만들곤 했다. 그것은 다양한 승객을 대하며 쌓인 긴장과 스트레스를 풀어내는 나름의 방식이었고, 특히 진상 고객을 지칭할 때 자주 사용하는 방법이기도 했다.

유미현 씨는 커튼을 살짝 젖히고 45H 좌석 쪽을 바라보았다. 인천발 프랑크푸르트행 항공기의 비행시간은 열두 시간이다. 대양을 건너는 항공편이 대부분 그렇듯 기내식 두 번과 간식 한 번이 서비스된다. 지금은 두 번째 식사 시간이었다. 비행 중 제공되는 식사는 항공료에 포함되어 있으므로 먹지 않는 걸 손해라 생각하기 마련이다. 음료의 경우에는 대개 세 번까지는 반복해 제공되기 때문에 연거푸 마신 술에 취해 비틀거리는 승객도 간혹 만나게 된다. 오늘도 단체 여행객 중 노부부 한 쌍이 음료 서비스 도중에 가벼운 소란을 일으키기도 했다. 연달아 와인을 주문하는 남편과 말리려는 아내 사이에 실랑이가 생긴 것이다. 아무튼 열 시간이 넘는 비행 중에 두 번의 기내식을 모두 건너뛰는 승객은 흔치 않았다. 몸이 아픈 건지도 모른다.

"내가 한번 가볼게."

장거리 비행 중에는 식사 시간이 가장 소란스러운 때다. 돼지고기와 닭고기 조림에 쓰인 간장과 토마토소스의 달짝지근한 냄새가 기내 복도를 떠다녔다. 분주히 식사를 하는 다른 사람들과 달리 45H 좌석 승객은 팔짱을 낀 채 눈을 감고 있었다.

"식사를 전혀 안 드시는데, 혹시 어디 불편한 곳이라도 있으신가요?"

남자는 감았던 눈을 뜨고 유미현 씨를 바라보았다. 주름이 없는 매끈한 피부였지만 머리칼은 백발에 가까웠다. 나이를 짐작하기 어려웠다. 기내 조명 때문에 머리카락이 더 하얗게 보이는 것 같기도 했다. 파리한 안색의 남자는 미소인지 찡그린 것인지 애매한 표정을 띠우고 짧게 이야기했다.

"아뇨. 괜찮습니다."

"음료라도 좀 더 준비해드릴까요?"

"그렇다면 물 한 잔만 부탁해요. 그걸로 충분합니다."

걱정스러운 얼굴로 자신을 바라보는 승무원의 표정이 마음에 걸렸는지 그가 덧붙였다.

"장시간 비행기를 타면 멀미가 생겨서요. 식사를 안 하는 게 더 편합니다."

옆자리에 앉은 거구의 중년 남자는 닭고기 조림 용기를 조심스럽게 긁고 있었다. 동그랗고 넓은 콧등과 홍조 띤 볼이 정말 호빵맨을 닮았다는 생각이 들어 유미현 씨는 또 한번 웃음을 터뜨릴 뻔 했다. 반백 머리의 남자는 그와 비교되어서인지 더 말라 보이는 것 같았다.

식사가 끝나자 기내의 소란스럽던 공기는 다시 차분하게 가라앉았다. 식판 수거를 마무리하고 카트를 제자리에 밀어넣은 손주연 씨가 깍지를 끼고 길게 기지개를 펴며 말했다.

"이제 다시 편안한 비행을 즐겨보실까요."

유미현 씨는 미소를 지었다. 짧은 여유를 즐겨도 되는 때였다. 착륙까지 남은 비행시간 동안 특별한 문제가 없다면.

이십 분쯤 지났을까. 도움을 청하는 다급한 비명에 유미현 씨는 정신을 퍼뜩 차렸다. 반사적으로 일어나 비명이 들린 방향을 바라보았다. 놀란 사람들이 소리가 난 쪽으로 고개를 내밀었다. 57I 또는 K. 아니면 58. 단체 여행객들이 모인 블록의 좌석이었다. 신속하게 좌석 쪽으로 걸어가는 유미현 씨의 머릿속에 와인을 여러 차례 주문했던 노부부가 떠올랐다.

"이이가, 가, 갑자기 가슴이 답답하다고… 그리고 쓰러졌어요."

노인의 고개는 옆으로 축 쳐져 있었다. 안색이 하얘진 아내는 울먹이며 더듬거리는 말투로 설명했다. 옆자리의 젊은 남자가 노인을 흔들고 있었지만 아무 반응이 없었다. 유미현 씨는 옆에 있는 손주연 씨를 바라보았다. 늘 유쾌한 손주연 씨였지만 당황하는 기색이 역력했다. 아직 경험이 많지 않으니 실제 위중한 응급 환자를 만난 것도 처음일지 모른다. 유미현 씨는 주먹을 꽉 쥐었다 폈다. 상급자인 그녀가 상황을 리드해야 했다. 우선 승객들을 안정시키고 환자 상태를 파악하는 것이 우선이었다.

"안내 방송 부탁해."

지시를 받은 손주연 씨가 신속하게 자리를 떴다.

"기내에 응급 환자가 발생했습니다. 승객 중에 의사나 간호사가 계시면 알려주시기 바랍니다. 다시 한번 말씀 드리겠습니다. 기내에…"

"의사입니다. 무슨 일인가요?"

다급한 말투의 안내 방송이 끝나자마자 들려온 목소리에 유미현 씨는 뒤를 돌아보았다. 큰 키에 반백 머리, 마른 얼굴의 남자. 45H 승객이었다. 그녀는 빠르게 상황을 설명했다. 남자는 그녀의 설명을 들으며 환자의 목과 손목에 손을 대고 맥박을 확인했다.

"일단 환자를 눕혀야 하니 같이 도와주세요."

그는 옆자리의 젊은 남성과 함께 축 늘어진 환자를 좌석에서 끌어냈다. 작은 체구의 노인인 것이 다행이었다. 다시 돌아온 손주연 씨는 다른 승무원과 함께 주변 승객들에게 음료를 서비스하고 있었다. 환자를 옮기는 걸 보고 웅성거리던 승객들이 이내 조용해졌다. 승객들의 불안을 가라앉히는 데는 평소와 같은 태도로 주의를 분산시키는 것이 효과적이다. 늘 신입이라고만 생각했던 후배인데 그새 미더운 동료가 된 느낌이었다. 유미현 씨는 환자와 관련된 상황에 집중하기로 했다. 일단 불안해하는 환자의 아내를 승무원용 의자에 앉혀야 했다. 행여 아내까지 긴장해 쓰러지기라도 하면 큰일이었다.

의사는 기내 뒤편의 갤리 바닥에 환자를 눕히고 다시 상태를 살폈다.

"다행히 심장은 뛰고 있지만 맥박이 불규칙하고 약합니다. 기내 응급 키트가 있을 텐데요. 산소도 함께 준비해주세요."

유미현 씨가 응급 키트를 가지고 오는 동안 의사는 울먹거리는 아내에게 물었다.

"어르신께서 평소에 지병은 없었나요?"

"고혈압이랑 부정맥 약을 먹고 있어요. 다른 병은 없고 건강한 편이었는데…"

"쓰러지시기 전에 다른 증상은 없었구요?"

"식사 하고 나서 좀 두근거린다고 했어요. 그러나 가슴이 답답하다고 움켜쥐더니 그냥 고꾸라졌어요. 그러길래 내가 말렸어야 했는데, 이 양반이 공짜라고 술을 자꾸 마시더니… 의사 선생님. 큰일은 없겠지요?"

의사는 응급 키트에서 꺼낸 혈압계 커프를 환자의 팔에 감았다.

"80/60. 환자 다리를 높여주세요. 베게든 담요든 환자 다리 밑에 넣으면 됩니다."

유미현 씨가 의사의 지시를 따르는 동안 그는 산소를 연결해 공급하고 수액 세트를 꺼냈다. 수액 백을 든 그녀는 환자의 팔에 주사 바늘을 꽂는 의사의 손이 가늘게 떨리는 것을 보았다. 피부를 뚫고 들어간 바늘을 통해 수액이 제대로 들어가는 것을 확인한 의사는 의료용 테이프로 세트를 단단히 고정했다.

"비행 스트레스와 알코올 기운으로 갑자기 부정맥이 심해졌던 것 같은데, 일단 필요한 조치는 다 했으니 이제 상태를 지켜보죠."

의사는 한숨을 내쉬고 유미현 씨 옆에 주저앉았다. 노인의 호흡이 규칙적으로 이어지며 얼굴에도 혈색이 돌아오고 있었다. 혈압을 다시 측정한 의사가 환자의 아내에게 이야기했다.

"이제 혈압도 오르고 맥박도 안정된 것 같네요. 제가 지켜볼 테니 자리에 가 계세요."

그녀는 고맙다며 연신 머리를 숙이고 다른 승무원과 함께 자리로 돌아갔다.

"선생님 몸은 괜찮으신가요?"

유미현 씨의 물음에 멀뚱히 쳐다보던 의사는 이내 이해했다는 듯 머쓱한 표정을 지었다.

"괜찮습니다. 그냥 가벼운 어지럼증 정도인데요. 오히려 환자를 보는 동안 잊어버렸어요."

"이렇게 심한 응급 환자가 생긴 건 오랜만의 일인데, 선생님이 계셔서 큰 사고를 면한 것 같아요. 고맙습니다."

"저도 기내에서 환자에게 산소와 수액까지 준 건 처음입니다. 사실 마지막으로 수액을 직접 주사한 것도 백만 년은 된 것 같은데, 아직 손이 기억하고 있어서 다행이에요."

착륙을 앞두고 하강을 준비하는 비행기의 엔진이 웅웅거렸다. 도착을 예고하는 기내 방송이 흘러나오는 동안 의사는 다시 환자의 혈압을 체크했다.

"환자가 생기면 승객 중에 의사 선생님이 계신지 확인하곤 하는데 항상 오늘처럼 운이 좋진 않아요."

"방송을 들었다 해도 나서지 않는 경우도 있을 거예요."

"이해해요. 혹시 환자가 잘못되면 책임을 져야 한다는 부담이 있겠죠."

"중대한 과실이 없다면 책임을 묻지 않는다는 법 조항이 있지만, 중대한 과실이냐 아니냐 자체가 애매한 구석이 있어요. 더군다나 환자가 사망하는 경우엔 완전히 면책이 안 될 수 있습니다. 그리고 법이 있다 해도 환자가 소송을 거는 것까지 막진 못하거든요."

"네? 설마 선의로 도와주려 한 의사에게 소송까지 거는 사람들이 있을까요."

"설마 하는 일은 늘 언젠간 생기기 마련이죠."

"그런 건 몰랐어요."

잠깐 동안 침묵이 흘렀다. 어색한 분위기를 의식한 듯 유미현 씨가 밝은 목소리로 그에게 질문을 던졌다.

"여행을 가시는 건가요?"

"딸을 만나러 갑니다. 엄마와 같이 이곳에 살고 있거든요."

"따님이 유학 중인가 봐요. 좋으시겠어요."

"육 개월 만에 보는 거니까요."

순간 유미현 씨가 소리쳤다.

"환자가 눈을 떴어요!"

의식을 되찾은 환자의 상태는 다행히 안정적이었다. 의사가 환자와 대화를 나누며 진찰을 하는 동안 상황을 알리기 위해 자리를 떴던 그녀가 다시 돌아왔다.

"공항에 의료진이 대기하기로 했어요."

"잘됐네요."

"환자를 처음 진료하셨으니 나중에 선생님께 환자 상태와 관련해 여쭤볼 일이 생길지도 모르겠어요. 독일에서 머무실 곳의 주소와 연락처를 받을 수 있을까요?"

잠시 망설이던 그가 종이에 호텔 이름과 휴대폰 번호를 적어 유미현 씨에게 건넸다.

"이 호텔, 저도 예전에 묵었던 곳이에요. 그런데 왜 가족과 함께 지내지 않으시고?"

"지금은 가족이 아니거든요."

담담하게 대답하는 그를 보며 괜한 질문을 했다는 후회가 밀려왔다. 그녀는 스스로를 자책하며 들고 있던 종이 가방을 조심스레 내밀었다.

"이수현 선생님께 감사의 표시로 준비했어요. 일등석에 서비스하는 와인입니다. 더 좋은 선물을 드려야 마땅하지만 지금은 따로 준비된 게 없어서요."

"좋은 와인이네요."

"와인을 자주 드시나 봐요."

"아뇨. 저는 이제 마시지 않습니다. 아이 엄마가 예전에 좋아하던 와인이에요. 지금도 즐겨 마시는지는 알 수 없지만."

랜딩 기어가 작동하며 익숙한 소음과 진동이 느껴졌다. 그의 시선이 창밖을 향했다. 바깥에는 어둠이 깔린 공항의 야경이 펼쳐져 있었다. 그녀는 야경을 내려다보는 그의 얼굴을 바라보았다. 오랫동안 비행을 해오면서 여러 공항을 경험했지만 그중에서도 프랑크푸르트 공항의 야경은 유미현 씨가 가장 좋아하는 풍경 중 하나였다. 창밖의 풍경은 예전 그대로였지만 그의 시선을 따라 바라본 불빛들은 어딘가 쓸쓸해 보였다.

1만 미터 이상의 고도로 비행하는 항공기 안에서는 낮은 기압과 습도 등으로 인해 응급 환자가 발생할 가능성이 높다.

2013년에 발표된 해외 연구에 따르면 2008년부터 2010년까지 다섯 개 항공사에서 발생한 1만 2,000건의 기내 응급 환자에 대한 검토 결과 600회 비행에 한 명꼴로 응급 환자가 발생했으며 그중 0.3퍼센트는 사망했다.

응급 환자가 생기면 흔히 승객 중 의료진을 찾는 방송을 내보낸다. 하지만 승객으로 탑승한 의사 입장에서 이런 '닥터 콜'에 선뜻 응하기란 쉽지 않다. 자신의 전공에 따라 정확한 진단을 내리기 힘들 수도 있고, 기내에 어떤 의료 장비가 있는지 정확히 파악하지 못한 상태에서 위중한 환자를 진료했다가 난처한 상황에 빠질 수도 있기 때문이다. 가장 큰 문제는 의료 분쟁에 대한 부담감이다.

2008년에 만들어진 '응급의료법 제5조의2(선의의 응급의료에 대한 면책, 일명 착한 사마리아인 법)'에서는 일반인 또는 응급 의료 종사자가 업무 수행 중이 아닐 때 실시한 응급 의료 행위에 대해 고의 또는 중대한 과실이 없으면 민사상 책임과 상해에 대한 형사 책임을 면책하고 사망에 대한 형사 책임을 감면토록 규정하고 있다. 하지만 '중대한 과실' 여부를 판단하는 것 자체가 모호하고, 환자가 사망하는 경우 형사 책임에 대해 '면책'이 아닌 '감면'한다는 문구 때문에 이 법을 아는 의료인은 환자 사망의 경우 형사 책임이 따른다는 것으로 인식하고 있다. 또한 이 법이 의료 분쟁이 생기는 것 자체를 막아주지는 못한다. 이러한 이유로 현재 법률이 의사의 기내 응급상황 참여에 도움이 되지 않는다는 지적이 많다.

445명의 의사를 대상으로 한 국내 연구* 결과 기내 응급 상황을 실제 경험한 96명의 의사 중 진료에 참여한 사람은 73명(76퍼센트)이었다. 참여하지 않은 사람은 이미 다른 의사가 있어서 참여하지 않았다고 답한 13명을 제외하면 10명(10.4퍼센트)뿐이었다. 실제 현장에서는 대부분의 의사들이 닥터 콜에 응한 셈이다. 하지만 앞으로 기내 응급상황이 발생하면 참여할 것인지에 대해서는 445명 가운데 274명(61.6퍼센트)만 의향이 있다고 답했다. 또한 응급 의료 관련 법률을 잘 알고 있을수록 참여 의향은 더 떨어졌으며, 313명(70.3퍼센트)은 현재의 법률이 기내 응급 환자 진료에 대한 참여를 독려하지 못한다고 답했다. 전문가들은 의료진의 사명감에만 의존할 것이 아니라 부담을 덜어주는 제도 개선을 통해 자발적인 참여를 이끌어낼 필요가 있다고 지적한다.

• 임소연 외, 2017, 〈기내 닥터콜과 환자의 안전〉, 《항공우주의학회지》, 27권 2호.

감출 수 없는 것들

오래가는 기침의 원인에 대해

"안나 씨, 얼굴색이 안 좋아 보여. 어디 많이 아픈 거 아니에요?"

대기실 소파에 앉아 책을 읽던 마르타 수녀가 다가와 걱정스러운 얼굴로 소곤거렸다. 눈썹을 잔뜩 찌푸린 채 모니터를 보며 처방전을 출력하던 김희정 씨가 고개를 들었다. 그녀는 병원에서 쓰는 푸른색 일회용 마스크를 쓰고 있었다.

"괜찮아요, 수녀님. 그냥 오늘 기침을 좀 더 해서 그런가 봐요."

마스크 위의 눈이 가늘게 웃고 있었다. 잔기침을 몇 차례 한 뒤 대기실을 훑어본 그녀가 난처한 말투로 수녀에게 말했다.

"오늘따라 늦게까지 환자가 많네요. 오래 기다리시게 해서 죄송해요, 수녀님."

마르타 수녀는 괜한 소리를 한다는 듯 손을 홰홰 저으며 앉아 있던 자리로 돌아갔다. 마르타 수녀 옆자리에는 열 살쯤 되어 보이는 여자아이가 엄마와 함께 동화책을 보고 있었고, 반대편 소파에는 꽉 막힌 코를 킁킁대는 양복 차림의 젊은 남자(축농증에 걸린 것이 틀림없었다)와 스마트폰 게임에 열중해 있는 남자 고등학생이 차례를 기다리고 있었다.

젊은 남자의 축농증과 고등학생의 설사, 그리고 여자아이의 중이염과 엄마의 발톱 무좀에 대한 처방이 차례로 전달되는 동안 김희정 씨는 데스크와 진료실을 부지런히 왕복했다. 처방전을 출력해 건네고 진료비를 수납하는 손길은 평소와 같이 물 흐르듯 부드러웠지만 중간중간 기침이 나올 때마다 그녀의 얼굴은 찌푸려졌다. 기침 소리가 들릴 때마다 마르타 수녀는 걱정스러운 눈길로 그녀를 바라보았다.

"수녀님, 성경 필사는 잘 진행하고 계신가요?"

진료실 의자에 앉는 마르타 수녀에게 의사가 물었다. 그녀는 질문의 의미를 깨닫고 평온한 미소를 지으며 습관처럼 성호를 그었다.

"이 선생님 덕분이에요. 손 떨림이 나아졌으니 한동안 덮어 두었던 노트를 아침마다 펼치고 있지요. 말씀을 그냥 읽으면 되지 굳이 쓸 필요까지 있느냐고 이야기하는 사람들도 있지만 그렇지 않아요. 한 줄씩 천천히 쓰다 보면 그냥 지나쳤던 대목도 새로워서 다시 한번 묵상을 하게 된답니다."

"제 덕분일 리가 있나요. 다 위에 계신 분 뜻이죠."

의사는 과장된 몸짓으로 어깨를 으쓱했다. 지나치게 공손한 말투와 과장된 행동은 모르는 사람이라면 빈정거리는 것처럼 느낄 수도 있겠지만 수녀는 별다른 반응을 보이지 않았다.

"매일 말씀의 씨를 뿌린다 해도 그것을 받아들이느냐 아니냐 하는 것은 각자에게 달린 문제예요. 모두가 그 말씀의 씨앗을 받아들여 영적인 충만함을 느낀다면 참으로 좋은 일이지만 세상은 그렇지 않아요. 공동체에는 언제나 반드시 밀 외에도 가라지와 쭉정이가 함께 자라나고 있기 마련이지요."

멍한 표정으로 수녀의 말을 듣던 그가 너털웃음을 지으며 고개를 절레절레 저었다.

"역시 수녀님께는 못 당하겠네요."

"마태복음이에요. 이 선생님도 이제 다시 미사에 나오시는 게 어때요?"

유쾌하게 웃고 있던 그의 얼굴에 순간 어두운 표정이 떠올랐다 사라졌다. 거의 동시에 진료실 문이 열리는 소리가 들렸다.

"희정 씨, 가라지와 쭉정이의 구세주가 오셨군요."

연극배우 같은 말투였다. 조심스레 문을 열던 김희정 씨는 준비 없이 갑작스레 무대로 떠밀려 나온 단역배우처럼 영문을 몰라 어리벙벙한 표정으로 서 있었다. 그런 그녀를 보고 마르타 수녀도 웃음을 터뜨렸다.

"웬일로 원장님 웃음소리가 진료실 바깥까지 들리길래 궁금해서요. 이제 대기 환자도 다 정리되었고…. 그나저나 이 문의 경첩은 손을 좀 봐야겠어요. 조용히 열려고 해도 그럴 수가 없네요."

"이 선생님, 안나 씨한테 늘상 말로만 그럴 듯하게 대접해주는 건 아니겠죠?"

"그럴 리가요. 이 병원은 제가 없어도 돌아갈 수 있겠지만 희정 씨가 없으면 제대로 돌아가질 않아요. 저에게 욕을 퍼붓고 진료실을 나간 환자도 희정 씨를 거치면 금세 나긋나긋해지는 걸요."

"그렇게 직원 고마운 줄 아는 원장이라면 직원 건강도 좀 챙겨야죠. 안나 씨가 한 달 넘게 기침하는 거 알고 있는지 모르겠네요."

마르타 수녀의 퉁명스러운 말에 그는 의아한 표정을 지으며 혼잣말처럼 중얼거렸다.

"감기 후에 기침이 좀 오래 가는구나 생각은 했는데, 벌써 한 달이나 된 줄은…."

"이거 봐요. 의사가 바로 곁에 있으면 뭐하나. 매일같이 얼굴 보면서도 무심하기 짝이 없다니까."

"수녀님도 참. 많이 나아졌어요. 저 괜찮아요."

무언가 더 말하려던 김희정 씨가 기침을 하기 시작했다. 너무 급하게 말을 이으려던 게 화근이 된 모양이었다. 한번 터진 기침은 멈추질 않았다. 발개진 얼굴로 기침을 참아보려 애쓰는 그녀를 마르타 수녀가 측은한 표정으로 바라보았다.

"가만히 있지만 말고 제대로 진찰 좀 해봐요. 그렇잖아도 바람만 불어도 날아갈 것 같은 사람이 기침하느라 안색까지 안 좋으니 쓰러질까 걱정이네요."

"희정 씨, 기침 말고 다른 증상은 없어요?"

가까스로 기침을 멈춘 그녀가 가슴에 오른손을 얹고 심호흡을 몇 번 했다.

"처음 시작할 땐 콧물하고 가래도 있었는데 지금은 나아졌고 기침만 해요. 목이 계속 간질간질한데 기침 때문인 것 같아요. 감기 때문이려니 생각했는데 낫질 않고 오래 가니 저도 좀 걱정이 되네요. 사실 한 달 반쯤 됐거든요."

"감기 때문에 그렇게 오래 기침을 하진 않아요. 감기 이후에 기관지가 예민해져서 기침이 오래가는 경우야 있긴 하지만…. 여기 잠깐 앉아볼래요?"

머뭇거리는 김희정 씨의 손을 마르타 수녀가 잡아끌었다. 의사는 펜라이트로 그녀의 인후부를 살핀 뒤 청진기를 들어 그녀의 가슴에 조심스럽게 밀착시켰다. 그의 청진기는 오래전 레지던트 수련을 시작할 때 구입한 것이라 했다. 당시에도 꽤 높은 가격의 고급 제품이었음을 증명하는 두툼한 연결 튜브는 손때가 묻어 윤기가 사라진 지 오래였다.

김희정 씨는 간호 실습을 시작할 때 샀던 오천 원짜리 청진기를 떠올렸다. 혈압 재는 법을 배우던 때, 처음에는 상완동맥에서 들어야 할 박동을 놓치기 일쑤였다. 수강생의 대부분은 김희정 씨보다 나이가 한참 어렸고, 뒤늦게 시작한 만큼 뒤쳐지지 않으려면 더 열심히 해야 했다. 그래서 따로 연습을 하려고 구입한 청진기였다. 혈압을 측정하는 데 익숙해진 다음에는 함께 실습을 도는 학생들끼리 서로 숨소리를 듣기도 했다. 청진기를 갖다 대자마자 간지럽다고 몸을 움츠리며 깔깔대는 통에 제대로 듣기까지는 항상 시간이 걸렸지만. 청진기 너머에서 전해지는 어린 그녀들의 숨소리는 새털처럼 가벼웠다.

청진을 받는 짧은 시간 동안 그녀는 자신의 숨소리가 그에게 어떻게 들릴까 생각했다. 심장이 두근거렸다. 그가 평소보다 커진 박동 소리를 알아챌지도 몰랐다. 목이 간질간질해지는 것이 다시 기침이 터져 나올 듯한 기분이 들어 그녀는 주먹을 꽉 쥐었다. 이마에 땀이 배어 나왔다.

"숨소리는 괜찮아요."

진찰하는 모습을 초조하게 지켜보던 마르타 수녀가 안도의 한숨을 내쉬었다. 의사는 수녀를 힐끗 쳐다본 뒤 말을 이었다.

"희정 씨도 알겠지만 위산 역류도 기침을 일으킬 수 있어요."

"신물이 올라오거나 가슴이 쓰리지도 않고 소화도 잘 되는 편인데, 위산 역류 때문일 수도 있을까요?"

"그런 증상이 없다고 완전히 배제할 수는 없어요. 다른 증상 없이 기침만 하는 경우도 있거든요. 평소에 알레르기는 없었나요?"

"환절기에 비염이 있어요. 요즘은 예전만큼 심하진 않지만."

"비염이나 축농증이 있는 경우에 콧물이 목 뒤로 넘어가서 자극을 하는 것도 오랜 기침의 흔한 이유지요. 후비루라고 하는데, 희정 씨 기침의 원인일 가능성이 많겠네요. 부비동 촬영은 해보는 게 좋겠어요."

"그럼 결핵이나 암 같은 건 아닌 거죠?"

마르타 수녀의 질문에 김희정 씨는 참았던 기침을 몇 차례

내뱉었다. 마치 기침으로 나쁜 기운을 몰아내려는 듯이. 의사
는 수녀를 향해 고개를 끄덕였다.

"정말 다행이에요. 통화할 때도 내내 기침을 해서 그동안
내가 얼마나 걱정을 했는지."

환자가 없는 대기실은 조용했다. 자신의 처방전을 받은 마
르타 수녀가 소파 아래에 놓아두었던 종이 가방을 김희정 씨
에게 건넸다.

"도라지하고 배를 달인 물이에요. 기침 감기가 오래갈 때
마시면 좋더라구요. 내가 직접 만든 거니까 꼭 챙겨 마셔요."

"수녀님…."

종이 가방을 받아 든 김희정 씨가 말꼬리를 흐렸다. 그녀의
얼굴이 다시 발개졌다.

"이 쭉정이에게 주실 선물은 없나요? 서운한데요, 수녀님."

"우리 주치의 선생님껜 그분의 사랑을 드리지요."

수녀의 대답에 다시 멍한 표정을 짓는 그를 보며 김희정 씨
는 웃을 수밖에 없었다. 그녀는 젖은 눈꼬리를 닦아내며 수녀
를 따라나섰다. 수녀가 극구 말렸지만 마침 기다리는 환자도
없고 해서 일 층까지는 배웅할 생각이었다. 두 사람은 나란히
계단을 내려와 건물 밖으로 나왔다. 며칠 전까지만 해도 차갑
기만 했던 밤공기가 이제 서늘한 정도였다. 마르타 수녀가 크

게 심호흡을 한 번 했다.

"사람에겐 숨길 수 없는 세 가지가 있는데 바로 기침, 가난, 그리고 사랑이래요."

어디선가 들어본 말인 것 같다고 생각했지만 김희정 씨는 수녀가 왜 갑자기 이런 말을 꺼냈는지 알 수 없었다.

"가라지와 쭉정이를 통해서 밀이 튼튼해지는 법이랍니다. 그게 없다면 어떻게 사랑을 연습할 수 있을까요. 사랑을 쏟아야 할 사람이 없다면 말이죠."

수녀는 김희정 씨를 바라보며 넉넉한 미소를 지었다. 그녀는 다시 목구멍 안쪽이 간질간질한 기분을 느꼈다.

기침은 지속 기간에 따라 3주 미만의 급성acute, 3~8주 정도의 아급성subacute, 8주 이상의 만성chronic 기침으로 구분할 수 있다. 3주 미만의 급성 기침은 감기와 같은 상기도 감염이나 기관지염 등이 가장 흔한 원인이다. 반면에 8주 미만의 아급성 기침 중 가장 흔한 것은 감염 이후에 기도가 예민해져서 생기는 '감염 후 기침post infectious cough'이다. 이 경우 감기나 기관지염이 호전된 후 다른 증상 없이 기침이 지속되는 것이 전형적이며, 증상에 대한 치료를 하면서 시간이 지남에 따라 자연스럽게 나아질 수 있다.

오랫동안 기침을 하게 되면 기침 자체만으로도 가슴 통증이 생기거나 밤에 깊은 잠을 못 자게 되는 등 일상생활에 지장을 줄 수 있다. 8주 이상 지속되는 만성 기침의 가장 흔한 원인 세 가지는 후비루posterior nasal drip 증후군, 위식도 역류, 그리고 천식이다. 후비루 증후군은 코 안쪽의 분비물이 목 뒤로 넘어가면서 기도를 자극해 기침이 생기는 것으로, 주로 알레르기 비염이나 부비동염(축농증) 등으로 분비물이 많아질 때 생긴다. 필요한 경우 부비동 방사선 촬영이나 비강 내시경 검사 등으로 점막의 염증과 분비물을 확인하는 것이 진단에 도움이 된다.

후비루 증후군 다음으로 흔한 만성 기침의 원인은 기관지 천식과 위식도 역류다. 천식의 전형적인 증상은 쌕쌕거리는 소리나 호흡곤란이지만, 이러한 증상 없이 기침만 하는 경우도 있다. 이를 기침형 천식이라 부른다. 천식은 기관지의 과민성 때문에 생긴다. 그래서 천식으로 인한 기침은 기관지 흡입제를 써서 치료한다. 위식도 역류는 서구화된 식습관과 비만 인구의 증가로 인해 지속적으로 늘어나는 추세다. 그런만큼 위식도 역류로 인한 만성 기침도 흔히 볼 수 있다. 위산 역류로 인한 기침인 경우 위산 억제제를 복용하는 것이 치료법이다. 속 쓰림이나 위산 역류 증상은 기침의 원인이 위식도 역류임을 시사하며 위내시경을 통해 식도 점막의 염증을 확인하는 것이 확실한 진단에 도움을 준다. 하지만 이런 증상이나 식도 염증이 없는 경우도 많아 진단이 쉽지는 않다.

만성 기침의 원인을 찾기 어려운 이유는 흔한 원인 질환들 모두가 다른 증상이나 소견 없이 기침 증상만을 나타내는 경우가 많기 때문이다. 이런 경우 개별 질환에 대한 치료를 먼저 해본 뒤 그 반응에 따라 단계적으로 진단할 수도 있다. 천식에 대한 흡입제나 위식도 역류에 대한 위산 억제제를 처방하고 반응에 따라 다른 검사나 치료로 넘어갈지 결정하는 것이다. 물론 환자 입장에서는 오랫동안 기침을 하는 것도 괴로운데 속 시원한 진단이 바로 나오지 않으면 답답함을 느끼게 된다. 하지만 만성 기침의 원인을 진단하는 데는 시간이 필요하다는 걸 이해할 필요가 있다. 진단이 확실치 않거나 바로 나아지지 않는다고 치료를 중단하거나 다른 병원을 찾아가는 것은 오히려 손해다. 진단을 위한 그동안의 과정을 다시 반복해야 하는 경우가 많기 때문이다.

무해한 담배를 원하십니까

전자담배와 금연

"최 사장님, 아직도 담배 안 끊으셨나봐요."

데스크 앞을 지나치는 환자에게 김희정 씨가 부드럽게 말했다. 깡마른 얼굴의 남자가 멋쩍은 표정으로 얼굴을 붉히며 대답했다.

"아, 네… 요즘 스트레스가 많아서요. 끊으려고 생각은 하고 있는데 쉽지가 않네요."

"꼭 끊으셨으면 좋겠어요. 원장님도 여러 번 말씀하셨잖아요."

"그, 그렇죠. 당뇨도 있으니 끊긴 끊어야 하는데…."

"새해도 되었으니 다시 한번 계획을 꼭 세워보세요."

어린아이를 타이르는 선생님처럼 조곤조곤한 말투로 이야기하는 간호조무사 앞에서 스무 살은 더 먹었을 듯한 남자는 쩔쩔매며 난처한 표정을 지었다.

머리를 긁적이던 남자가 옆자리에 앉는 순간 김형철 부장은 얼굴을 찌푸렸다. 막 담배를 피운 뒤의 역한 냄새가 코를 찔렀기 때문이었다. 예전이라면 다른 사람에게서 풍기는 담배 냄새를 느끼지 못했겠지만 지금은 아니었다. 그도 금연을 하고 나서야 담배 냄새가 그렇게 강하다는 걸 알게 되었다. 구수하기만 했던 향기가 역하게 느껴진 것은 금연을 하고 한 달쯤 지난 다음이었다. 함께 담배를 피우던 동료와 마주 앉아 회의를 할 때면 그에게서 풍기는 재떨이 냄새에 불쾌감을 느껴야 했다. 그동안 자신이 가까이 갈 때면 다른 사람들은 이런 냄새를 참아야 했을 거란 생각이 들 때마다 김 부장은 얼굴이 화끈거렸다.

"그동안 나한테서 나는 담배 냄새를 어떻게 참았어?"

김 부장이 저녁 식사를 하다가 아내에게 이렇게 물은 것은 금연을 시작한 지 두 달쯤 지났을 때였다. 아내는 새삼스럽다는 듯 그의 얼굴을 빤히 쳐다보더니 대답했다.

"한두 해도 아니고 이십 년이 넘었는데, 포기하고 살았지

뭐. 당신이 담배를 끊을 거라곤 생각도 못했거든. 이제야 말하지만 그 냄새 때문에 당신하고 각방 쓸까 생각했던 적이 족히 수십 번은 될 거야."

김 부장은 다시 담배를 피웠던 날을 떠올렸다. 오월 첫날에 끊었으니 거의 육 개월이 될 무렵이었다. 한 해 실적을 결산하는 연말은 직장인들이 압박감을 심하게 느끼는 시기였고, 그도 예외는 아니었다. 갈수록 엄격해지는 인사 평가를 위한 업무 능력 시험 때문에 직원들은 신경이 곤두서 있었다. 실적 악화로 본사 직원을 인건비 대비 10퍼센트 감축하라는 지시가 떨어진 것은 공공연한 비밀이었다. 사내 분위기가 뒤숭숭했다. 흡연 공간에 모인 부하 직원들은 전날 밤 회식의 숙취가 깨지 않은 부석부석한 얼굴로 숙덕이다 김 부장이 다가가면 황급히 흩어지곤 했다.

그날은 하반기 사업 결산보고를 앞두고 하루 종일 긴장했던 날이었다. 늦은 저녁 식사 때 폭탄주 몇 잔을 마시고 취한 것이 화근이었다. 숙취 해소 음료를 사려고 들른 편의점에서 나왔을 때 그의 손에는 담배 한 갑이 들려 있었고 다음 날 아침 두통을 느끼며 잠에서 깼을 땐 이미 절반이 사라진 뒤였다. 후회가 밀려왔지만 이왕 이렇게 된 거 스트레스가 많은 연말까지는 어쩔 수 없다고 생각했다. 새해가 되면 어떻게든 다시 담배를 끊으리라. 지난번처럼 병원에서 금연 약을 처방받아 먹는다면 이번에도 가능할 것 같았다.

담뱃갑을 본 아내는 실망한 표정이 역력했지만 별다른 말은 하지 않았다. 하지만 김 부장은 그간의 경험을 통해 담배를 피우지 않는 사람이 느끼는 불쾌함을 잘 알고 있었다. 고민 끝에 선택한 것이 '가열담배'였다. 몇 달 전부터 회사 건물 앞에서 굵은 볼펜 같은 스틱에 담배를 끼워 피우는 젊은 직원들이 눈에 띄었다. 그때는 담배를 끊은 뒤였기에 그냥 지나쳤지만 직원들의 이야기를 들으니 기존 담배처럼 태우는 게 아니고 저온에서 찌는 방식이라 해로움이 덜하다고 했다. 김 부장의 부서에도 이런 가열담배를 피우는 직원들이 있었다. 최 과장도 그중 하나였다. 점심을 먹으며 그에게 슬쩍 묻자 그는 새 담배의 장점에 대해 침을 튀겨 가며 이야기했다. 무엇보다 냄새가 몸에 배지 않는 게 좋다고 했다. 내친 김에 최 과장의 담배를 빌려 한 대 피워보았다. 연기를 들이마실 때 좀 빡빡한 느낌이었지만 생각보다 나쁘지 않았다. 그는 그날로 당장 새 담배를 구입했다.

새 담배는 여러모로 만족스러웠다. 예전에 피웠던 액상 전자담배는 플라스틱을 물고 피우는 게 어색해서 오래 사용하지 않았다. 그에 비해 이 담배의 빠는 맛은 기존 담배와 비슷했다.

처음에는 기존 담배와 달리 옥수수 찐 듯한 맛이 이상하게 느껴졌는데 사흘쯤 지나자 적응이 되는 듯했다. 가장 마음에 드는 점은 역시 냄새가 덜 난다는 것이었다. 새 담배를 피우기 시작한 지 일주일쯤 되었을 때부터는 기존 담배를 피우는 직원들에게서 나는 역한 냄새가 이전에 금연할 때와 같이 심하게 느껴졌다. 가열담배는 냄새가 없어서 실내에서나 자동차 안에서 피운다는 사람들도 있었다. 불편한 점은 한 대를 피우고 나서 몇 분간은 충전을 해야 하기에 연이어 피울 수 없다는 것이었다. 그렇지만 줄담배를 피우지 못하는 것이 오히려 건강에는 도움이 될 거란 생각이 들었다. 스틱을 청소하는 것도 귀찮은 일이었지만 장점을 생각하면 감수할 만했다.

김형철 부장은 옆에 앉은 남자를 다시 쳐다보았다. 잠을 제대로 못 자는지 눈 아래가 거무스름했다. 그가 어디에 갔다 왔는지 알 것 같았다. 오래된 건물이라 양쪽 끝에 실외 비상계단이 있었고 병원은 삼 층 복도 끝에 위치했기에 계단으로 바로 나갈 수 있었다. 각 층의 계단참은 담배 한 대 피우고 들어오기 적당한 장소였다. 사실 김 부장도 이곳에서 진료를 기다리는 동안 두어 번 삼 층 계단참을 이용한 경험이 있었다. 간호조무사가 그의 이름을 부른 것은 그도 계단참에 다녀오고 싶은 충동을 느꼈을 때였다.

진료실에 들어가자 반백의 의사가 그를 알아보고 미소를 지었다.

"오랜만입니다. 오늘은 무슨 문제로 오셨나요?"

"요즘 진행하는 프로젝트 때문에 일이 많은 데다 술자리가 잦아서 그런지 속이 자주 쓰립니다. 지난달 건강검진에서 위내시경을 했을 땐 가벼운 위염 정도라 했고 그땐 증상도 심하진 않았거든요. 급한 대로 약국에서 위장약을 사 먹었는데 아무래도 선생님께 처방을 받는 게 좋을 것 같아서 왔습니다."

증상에 대해 몇 가지 문답이 오가는 동안 의사는 익숙한 태도로 타이핑을 치듯 책상을 가볍게 두드렸다.

"약을 두 주분 처방하겠습니다. 업무가 줄면 자연스럽게 나아지실 것 같지만 술은 최대한 줄이셔야 해요."

김 부장은 순간 실소를 지었다. 사실 오늘 저녁에도 부서 회식이 있었다. 적어도 앞으로 열흘간은 의사의 처방을 지키는 건 불가능한 일이었다.

"금연은 잘 유지하고 계신가요?"

어떻게 하면 예정된 술자리를 조금이라도 피할 수 있을까를 생각하던 그는 갑작스런 의사의 질문에 잠시 대답을 망설이다 체념한 표정으로 한숨을 내쉬었다.

"아… 그게, 다시 피우고 있습니다. 아무래도 스트레스가 너무 많아서요."

의사는 김 부장의 얼굴을 빤히 쳐다보았다. 그는 순간 담뱃갑과 자신의 얼굴을 번갈아 보던 아내의 표정이 떠올라 황급히 말을 이었다.

"다음 달에 업무가 좀 정리되면 다시 끊으려고 합니다. 지난번처럼 선생님께 금연 약 처방을 받으려고 해요. 당분간은 전자담배를 피우고 있습니다."

"아이코스 말씀인가요?"

"선생님도 아시네요. 기존 담배보다 훨씬 해가 적다고 하던데요."

"그래서 요즘은 얼마나 피우시나요?"

"솔직히 말씀 드리면 부담이 없어서인지 예전보다 더 많이 피워요. 한 갑 반쯤 되는 것 같습니다."

"해가 적다는 건 담배 회사에서 하는 말인데 곧이곧대로 믿긴 어려워요. 냄새가 덜 나도 기존에 피우시던 담배랑 크게 다르지 않다고 보는 게 맞습니다."

"그, 그렇군요."

단호한 대답에 실망한 표정을 짓는 김 부장에게 의사는 다소 누그러진 말투로 덧붙였다.

"보통 전자담배라면 액상 니코틴 담배를 말합니다. 정확히 말하면 아이코스는 전자담배가 아니에요. 예전에 유행했던 순한 담배도 그렇고, 확실히 덜 해로운 담배는 아직 없습니다. 그러니 그냥 끊으시는 게 답이에요."

김 부장은 병원 건물을 나와 버스 정류장에 섰다. 담배 생각이 강하게 났지만 담뱃갑이 든 주머니에 손을 넣지는 않았다. 정류장 안쪽에서 갈색 코트 차림의 젊은 남자가 연기를 내뿜었다. 손에 든 볼펜 모양의 스틱이 낯익었다. '금연 버스 정류소'라고 적힌 초록색 스티커가 가로등 불빛에 반짝였다.

흡연은 국제질병분류ICD-10 기준에서는 'Tobacco dependence', 미국 정신의학회의 정신질환 진단 및 통계 편람DSM-V 기준에서는 'Tobacco Use Disorder'로 분류되는 약물 중독의 일종이다. 담배에 함유되어 있는 니코틴은 금연을 방해하는 주범으로 담배에 대한 갈망을 일으키는 성분이기도 하다. 담배를 오랫동안 피우지 않을 때 집중력이 떨어지거나 짜증이 나는 것은 혈중 니코틴 농도가 떨어지면서 생기는 금단 증상이다. 흔히 흡연자들이 금연하기 어려운 이유로 담배가 스트레스를 풀어준다는 점을 든다. 하지만 애초에 스트레스를 많이 느끼는 것이 니코틴 금단 증상으로 인해 스트레스에 대한 역치가 낮아졌기 때문임을 인지할 필요가 있다. 흡연을 했을 때 스트레스가 풀리는 느낌이나 만족감을 크게 느낀다면, 그것은 오히려 니코틴 중독이 심하다는 증거라고도 할 수 있다.

니코틴 대체제는 가장 오래된 금연치료제로, 1980년대부터 현재까지 꾸준히 이용되고 있다. 금단 증상의 원인이 되는 니코틴을 다른 경로로 제공해 흡연 욕구를 억제하는 것이 핵심 원리다. 껌이나 사탕, 피부에 붙이는 패치 등의 형태로 만든 니코틴 대체제를 사용할 경우 금연 성공률은 두 배가량 높아진다. 2006년 화이자Pfizer에서 출시한 바레니클린(제품명: 챔픽스Champix)은 니코틴 수용체에 작용해 금단 증상을 줄이는 약으로, 기존의 니코틴 대체제보다 효과가 더 좋아 금연 성공률을 세 배까지 높이는 것으로 알려져 있다. 금연치료제는 보험이 적용되지 않지만 2015년부터 시행 중인 건강보험공단 금연치료사업에 참여하는 의료기관에는 금연 약 비용을 전액 지원한다. 이러한 의료기관을 방문해 도움을 받는다면 금전적인 부담을 줄일 수 있다.

전자담배는 연소 과정을 거치지 않고 니코틴 용액을 기화시켜 흡입할 수 있게 만드는 전자 기구이다. 타르 등의 발암 성분이 없어 궐련에 비해 안전할 수 있다. 전자담배의 판매량은 전 세계적으로 폭발적인 증가세를 보여왔고, 미국 십대 청소년의 경우 2014년에 이미 전자담배 사용자가 궐련 사용자를 추월한 바 있다. 그러나 전자담배의 유해성과 금연 효과에 대해서는 아직 논란이 있다. 2009년 미국 식품의약국FDA에서 처음 전자담배의 유해성을 경고한 이후 세계보건기구WHO를 포함한 많은 전문 단체에서 그 잠재적 위험성을 보고해왔다. 2015년 한국소비자원에서 국내 전자담배 스물다섯 종의 증기 성분을 분석한 결과, 열 개 제품에서 일반 궐련에도 포함된 일급 발암물질인 포름알데히드가 검출되었으며 그중 하나는 궐련 대비 1.5배까지도 검출되었다는 결과를 발표한 바 있다. 업계에서 주장하는 것처럼 액상 전자담배의 증기가 인체에 무해한 것은 아니라는 증거다. 반면 영국에서는 2016년에 일부 액상 전자담배를 금연 목적으로 처방할 수 있도록 허용하기도 했다.

학계에서 'HNBHeat-not-burn tobacco'로 통칭하는 '가열담배'는 2014년 일본에서 시판된 아이코스가 최초다. 아이코스는 일본에서 선풍적인 인기를 끌며 2017년에는 12퍼센트가 넘는 시장점유율을 기록했다. 국내에서도 2017년 출시된 이후 3개월 만에 시장점유율 5퍼센트를 기록했다. 제조사인 필립모리스는 섭씨 850도에서 불완전 연소되는 일반 궐련과 달리 아이코스의 경우 섭씨 300~350도에서 가열하기 때문에 연기에 포함된 유해 물질의 90퍼센트가 줄어든다고 홍보하고 있다. 그러나 최근 아이코스 연기를 분석한 결과 궐련에 비해 양은 적었지만 다수의 독성 물질이 검출되었다는 발표가 있었다. 이에 HNB의 안전성을 홍보하려는 담배 회사와 안전성에 대한 보다 객관적인 근거를 요구하는 학계 사이에 논란이 커지고 있다.• 업계에서는 HNB를 '궐련형 전자담배'로 분류하고 있지만 현재까지의 연구를 종합하면 액상 전자담배보다 기존 궐련에 더 가깝다고 할 수 있다. 현재 국내에는 아이코스, 글로, 릴 등 세 가지 종류의 HNB 제품이 판매되고 있다.

• 이철민, 2016, 〈아이코스와 글로: 더 안전한 담배인가?〉, 《금연정책포럼》, 제15호.

중요한 건 지방이 아니야

저탄수화물 고지방 다이어트를 시작하는 이에게

"콜레스테롤 수치가 올랐네요."

모니터의 숫자를 살펴보던 의사가 고개를 갸우뚱했다. 삼 개월 전 LDL콜레스테롤(나쁜 콜레스테롤) 수치는 152였다. 이 번 검사에서는 171, 이전보다 20 가까이 올랐다. 잔뜩 기대에 찬 표정으로 의사의 말을 기다리던 최민구 씨는 결과를 확인 하고 실망한 표정을 지었다.

"이번엔 분명 더 낮아질 줄 알았는데요."

"지난번에 오셨을 때 운동을 시작했다고 하셨지요. 술자리 도 줄이지 않으셨던가요?"

"운동은 계속 유지하고 있습니다. 연말 연초에 술자리가 늘긴 했지만 최대한 피했구요. 이전만큼 마시지는 않은 건 확실합니다."

"체중은 지난번 방문 때와 비슷하네요. 직장에 다니는 분들은 연말이 지나면 체중이 늘어서 오시는 경우가 많은데 그렇지 않은 것만 해도 다행입니다. 노력을 많이 하신 것 같군요."

의사의 칭찬에 어깨를 축 늘어뜨리고 있던 최민구 씨의 표정이 조금은 밝아졌다.

"그래도 선생님이 알아주시니 다행입니다. 송년회다 신년회다 술자리는 많은데 이런저런 핑계를 대고 도망 다니느라 싫은 소리도 많이 들었습니다. 허허."

"잘 하셨습니다. 그런데 콜레스테롤 수치가 다시 오를 만한 특별한 이유가 있었을까요?"

"관련이 있을지 모르겠는데… 실은 제가 한 달 전에 식단을 바꿨습니다."

최민구 씨가 K건설 과장이 된 것은 삼 년 전이었다. 입사이래 줄곧 영업 관련 부서에서 일하며 잔뼈가 굵어진 그였지만 최근에는 업무가 버겁다는 생각을 종종 했다. 건설 경기가가라앉으면서 건설업계의 사정이 전반적으로 좋지 않았음에도 명예퇴직과 인력 감축으로 최민구 씨를 비롯한 과장급의 업무량은 이전보다 늘어났다. 잔업과 야근 외에 영업 업무의 특성상 잦았던 회식과 술자리도 그를 힘들게 하는 요인이었다. 체력은 타고났다 생각했고 감기에도 잘 안 걸리는 편이었지만 얼마 전 심한 장염을 겪은 뒤로 건강에도 자신이 없어진 상태였다.

작년 가을 건강검진에서 받은 콜레스테롤 수치는 충격적이었다. LDL콜레스테롤 180. 정상은 130 미만이라는데 이전에는 한 번도 이상이 있다는 소리를 듣지 않았으니 최소한 50 이상은 오른 것이다. 고지혈증이 혈관을 막는 주범이라는 것은 알고 있었다. 건강검진 결과지에 반듯하게 프린트된 숫자를 보고 최민구 씨는 어느 건강 프로그램에서 보았던 장면을 떠올렸다. 심장 혈관에 기름때가 끼어가는 모습을 보여주는 영상이었다. 힘차게 박동하던 심장은 혈관 안쪽을 채운 노란 색깔의 기름때가 두꺼워지면서 혈색을 잃고 불규칙하게 헐떡거렸다. 덜컥 겁이 났다.

그는 오 년 전 아버지가 심근경색으로 입원했던 때를 아직도 생생하게 기억했다. 등산을 워낙 좋아해 지리산 종주를 밥 먹듯이 하던 분이었다. 그런 아버지가 심장마비로 쓰러졌다는 소식을 들었을 때 처음에는 믿기 어려웠다. 새벽 네 시에 중부

고속도로를 한달음에 달려 병원에 도착했을 때 아버지는 이미 중환자실로 이송된 뒤였다. 링거 줄을 주렁주렁 달고 갈비뼈를 드러낸 채 중환자실 침대에 누워 있는 아버지의 몸은 그가 기억하던 것보다 훨씬 왜소했다. 대학병원의 의사는 그의 심장 기능이 이전의 절반 정도밖에 되지 않아 전과 같은 생활은 어려울 거라 했다. 아버지가 고지혈증 약을 먹고 있었다는 걸 그때 알았다. 한 달간의 입원 후 집으로 돌아왔을 때 아버지는 십 년쯤 늙어 보였다. 이후 아버지가 무수히 올랐던 지리산 정상의 공기를 다시 마시는 일은 없었다.

아버지의 심장에서 벌어졌던 일이 자신에게도 이미 진행되고 있을지 모른다는 걱정에 잠을 설치며 고민하던 그에게 상사인 김 부장이 권해준 곳이 반딧불 의원이었다. 저녁에 여는 의원이 있으리라곤 생각지 못했는데 마침 멀지 않은 곳이라 퇴근길에 들르기에 부담이 없을 것 같았다. "원장이 좀 까칠한 편이지만 그래도 믿을 만한 사람이야." 반딧불 의원에 대해 김 부장이 해준 말이었다. 허름한 종합상가 삼 층에 있는 이곳을 처음 찾은 것은 사 개월 전이었다. 마른 얼굴에 반백의 의사는 들었던 바와 같이 무덤덤하고 딱딱한 태도로 그의 이야기를 들었다. 건강검진 결과를 검토한 뒤 의사가 내린 처방은 다음과 같았다. 술자리를 줄이고 최대 주 2회를 넘지 않도록 할 것

(그의 술자리 횟수는 주당 4회 정도였다), 술을 마시더라도 안주를 먹지 말 것, 어떤 종류든 좋으니 규칙적으로 운동을 시작할 것, 그리고 한 달간 2킬로그램을 줄일 것.

최민구 씨는 진료를 받은 다음 날 바로 피트니스 센터 회원권을 끊었다. 본래 결심한 것은 바로 실천에 옮기는 성격이었다. 그는 집 근처에 있는 몇 개의 체육관 중에 아파트 단지 상가에 새로 생긴 센터를 선택했다. 아무래도 집에서 가까운 곳이어야 한 번이라도 더 갈 수 있을 거란 생각에서였다. 내친 김에 일 년치 비용을 선불로 결제한 그에게 탄탄한 몸매의 트레이너가 친절한 말투로 운동기구 사용법을 가르쳐주었다. 체육관 한쪽에서는 쉴 새 없이 움직이는 일곱 대의 러닝머신 벨트 위에서 회원들이 땀에 젖은 얼굴로 숨을 몰아쉬고 있었다. 최민구 씨는 탈의실 거울 안에서 보았던 퀭한 눈과 부기 가득한 자신의 얼굴을 떠올리며 부끄러움이나 죄책감 비슷한 감정을 느꼈다. 몇 년 새 불룩 튀어나온 배와 도드라진 옆구리 살을 만지며 그는 지금이라도 건강검진 결과가 경종을 울려준 것을 고마워해야 할지도 모른다고 생각했다.

한 달 동안 그는 의사의 처방을 착실히 이행했다. 술자리는 최대한 피하고 안주를 먹지 말 것. 규칙적인 운동을 할 것. 그리고 2킬로그램 감량. 그는 머릿속에서 밑줄을 그어가며 반복해 중얼거렸다. 반딧불 의원을 다시 방문했을 때 그의 콜레스테롤 수치는 30 정도 낮아져 있었다. 의사는 그의 노력을 칭찬했고 체중을 꾸준히 줄인다면 콜레스테롤 수치가 정상 범위까지도 떨어질 수 있을 거라 말했다. 영상 속에서 혈색 좋게 박동하던 심장의 움직임이 다시 떠올랐다. 의사의 전망은 적어도 날씨 예보나 주식시장 전망보다는 정확할 것이었고, 당연히 그래야만 했다.

12월과 1월은 체중을 줄이기 어려운 시기였다. 회식과 술자리가 늘어난 만큼 운동 횟수는 줄어들었다. 줄어가던 체중계의 숫자는 한동안 제자리에 머물렀다가 다시 슬금슬금 불어나고 있었다. 무언가 변화가 필요했다. 급한 마음에 인터넷에서 체중 감량에 좋다는 방법을 찾던 그의 눈을 번쩍 뜨이게 한 것이 있었다. 어느 블로그에 올라온 저탄수화물 고지방 식단 관련 방송이었다.

그는 유튜브에 올라와 있는 동영상을 찾아보았다. 방송의 내용은 놀라웠다. 건강에 나쁘다고 알려진 기름진 음식을 많이 먹으면 오히려 체중이 줄어든다는 것이었다. 방송에 나온 출연자들은 이 식단으로 수십 킬로그램까지도 줄였다고 했다. 마법과도 같은 일이 아닐 수 없었다. 그는 버터로 범벅이 된 고기를 먹고, 삼겹살도 모자라 흘러나온 기름을 마시고, 추어탕

에 치즈를 넣어 먹는, 기행에 가까운 영상을 멍하니 바라보았
다. 교회를 나가본 적 없는 그였지만 영적 체험에 대한 간증을
보는 것이 이런 기분일 것 같았다. 일반인만이 아니었다. 방송
에 출연한 여러 전문가들이 이 식단의 장점과 과학적 근거에
대해 이야기했다. 자신이 직접 그 효과를 체험하고 환자들에
게 권하고 있다는 의사도 여럿이었다. 최민구 씨가 당장 이 식
단을 따르기로 결심한 것은 그의 성격을 고려할 때 당연한 일
이었다.

　방송에 나온 대로 따라 하는 건 쉽지 않았다. 가장 먼저 부
딪힌 문제는 탄수화물을 피하는 것이었다. 고기와 생선, 우유,
치즈, 채소 등의 음식으로만 식단을 짜야 했다. 요리할 때는 방
송에서 강조했던 버터를 아낌없이 넣었고 기름은 올리브유만
사용했다. 동료들과 점심을 먹을 때 메뉴를 고르는 것은 더 어
려운 과제였다. 탄수화물이 전혀 들어가지 않은 음식을 찾는
것은 불가능에 가까웠고, 그는 일단 메뉴에 딸린 공기 밥을 안
먹는 방법을 선택했다. 두 번째 문제는 식사 준비가 번거로워
진 것이었다. 아내와 아이들 모두가 같은 음식을 먹기는 어려
워서 식사를 따로 준비해야 했기 때문이었다. 한정된 식재료
로 질리지 않도록 식단을 짜기 위해 고민해야 하는 문제도 있
었다. 세 번째 문제는 이전보다 훨씬 늘어난 식비였다.

식단을 시작하고 일주일 뒤 체중은 1.5킬로그램이 줄어 있었다. 안 먹던 버터와 기름진 음식을 많이 먹어서 속이 느글거렸지만 그래서인지 식욕은 떨어지는 것 같았다. 그는 체중을 줄이는 데 더 도움이 될 거라는 생각에 꾹 참고 식단을 유지했다. 그렇게 한 달을 지내고 오늘 다시 병원을 방문한 것이었다.

"연말에 늘었던 걸 고려하면 한 달 만에 3킬로그램을 뺀 거네요."

"네. 콜레스테롤 수치도 더 좋아졌을 거라 기대를 많이 했는데 오늘 결과를 보고 사실 좀 실망했습니다."

최민구 씨의 침울한 말투에 의사는 미소를 지었다.

"방송에서는 지방을 강조했겠지만 사실 그 식단의 핵심은 탄수화물, 그중에서도 설탕이나 밀가루 같은 정제된 탄수화물을 피하는 겁니다. 그리고 주의해야 할 것은 지방이든 탄수화물이든 많이 먹으면 살이 찐다는 거예요. 지방이 무조건 나쁜 것만은 아니지만 그렇다고 마음껏 먹어도 된다고 생각하면 안 됩니다."

학생을 가르치듯 훈계하는 말투였지만 이전보다 한층 부드러워진 태도였다. 그동안 틈틈이 정보를 찾아왔기에 아주 생소하지는 않은 내용임에도 의사의 설명에 최민구 씨의 머릿속은 복잡해지고 있었다.

"사실 지방은 죄가 없는 게 맞아요. 그걸 과하게 먹는 게 죄지."

"하지만 방송에선 천연 지방이라면 전혀 해가 안 된다고 하던데요."

"방송은 과장을 하기 마련이지요. 무조건 좋기만 한 음식은 없어요. 천연 지방이라는 버터나 삼겹살 기름도 과하게 먹으면 오늘 검사 결과처럼 문제가 생길 수 있으니 줄이고, 그만큼을 현미밥이나 고구마 같은 좋은 탄수화물로 채워봅시다."

"설탕이나 밀가루보다는 현미밥이나 고구마."

그는 머릿속에 다시 한 줄을 추가해 밑줄을 그으며 중얼거렸다. 두 달 뒤 다시 방문하기로 하고 일어서는 그에게 의사가 한마디 덧붙였다.

"참. 그리고 적어도 지금의 최민구 씨에게는 지방이나 탄수화물보다 알코올이 훨씬 더 중요한 문제라는 건 확실합니다. 잡범을 두들기는 것보다 역시 주범을 잡는 것이 핵심이죠."

2016년에 방영된 〈지방의 누명〉이라는 다큐멘터리는 저탄수화물 고지방 다이어트를 다룬 내용으로, 방송 이후 많은 화제를 불러일으켰다. 평균적인 한국인 식단은 탄수화물 60~70퍼센트, 지방 20퍼센트 전후의 비율로 섭취 열량이 구성되는데, 이는 서양인 입장에서는 저지방Low Fat 식단에 해당한다. 반면에 탄수화물을 20퍼센트 미만으로 줄인 것이 저탄수화물Low Carbohydrate 식단이다. 그중에서도 탄수화물을 5~10퍼센트까지 극단적으로 줄이고 대신 지방을 60~70퍼센트로 늘려 먹는 식단을 저탄수화물 고지방Low Carbohydrate High Fat, LCHF 식단이라고 부른다.

저지방 식단과 저탄수화물 식단 중 어떤 것이 더 좋은가하는 질문은 학계에서 해묵은 논쟁이다. 이와 관련해 수많은 연구가 있었으며 현재까지 정리된 내용은 다음과 같다. 기존에 비만 치료의 표준 식단으로 알려진 저지방 식단과 비교했을 때 저탄수화물 식단이 단기적으로 체중 감량에 더 효과적일 수 있으며, 1~2년까지 지켜보았을 때도 최소 비슷한 정도의 효과를 보인다는 것이다. 방송에서 다룬 내용이 새로운 것은 아님에도 큰 반향을 불러일으킨 것은 그동안 학계에서 지속되어온 논쟁이 대중에게 잘 알려지지 않은 상황에서 다양하고 구체적인 사례와 실험, 전문가 인터뷰 등으로 설득력 있는 내용을 구성했기 때문이다.

하지만 전문가들은 이 식단이 단기적으로 이득이 있다 해도 포화지방을 과도하게 섭취하기 쉬우며 이로 인해 장기적으로 심혈관 질환의 위험을 높일 수 있으므로 안전성에 대한 근거가 좀 더 필요하다고 지적한다. 실제로 극단적인 저탄수화물 고지방 식단에 대한 2년 이상의 추적 관찰 연구는 거의 없는 실정이다. 또한 탄수화물 위주의 식사를 하는 우리나라에서 탄수화물을 극단적으로 줄이는 식단을 오랫동안 유지하는 것은 현실적으로 어렵다는 한계도 있다. 이러한 이유로 방송 이후 한국영양학회, 대한내분비학회, 내한가정의학회 등 전문가 단체가 방송 내용의 문제점을 지적하는 성명을 발표한 바 있다.

저탄수화물 식단의 장단점(저지방 식단과의 비교)

장점 1) 단기적으로 체중 감량에 더 효과적일 수 있다.
장점 2) 1~2년까지도 최소 비슷한 효과를 보인다.

단점 1) 과도한 포화지방 섭취로 심혈관 질환 위험이 높아진다.
단점 2) 이 식단에 대한 2년 이상의 추적 연구가 없다.
단점 3) 탄수화물 위주의 한국 식단에서 현실적으로 오래 지속하기 어렵다.

지방이 나쁜 것만은 아니라는 주장은 타당하다. 그러나 이 식단의 핵심은 지방을 많이 먹는 것이 아니라 탄수화물을 적게 먹는 것임을 염두에 둘 필요가 있다. 저탄수화물 식단에서는 필연적으로 지방 섭취가 늘게 되므로 고지방 식단은 그 결과일 뿐이라는 것이다. 그러므로 버터나 삼겹살 등의 특정 고지방 음식을 우선적으로 강조하는 것은 바람직하지 않다. 또한 체중 감량에 가장 중요한 것은 전체 칼로리를 줄이는 것이므로 탄수화물이든 지방이든 과다한 섭취는 해가 될 수 있다. 탄수화물만 줄이면 어떤 고지방 음식을 먹어도 괜찮다는 뜻은 아니라는 것이다. 이 다큐멘터리가 비교적 충실한 내용인데도 아쉬움이 남는 지점이 이 대목이다.

에필로그

오후 늦게 소나기처럼 흩뿌리던 빗줄기가 멈춘 뒤였다. 미세먼지가 걷힌 하늘이 오랜만에 맑아 보였다. 창밖으로 저물어가는 햇살이 느티나무 잎에 맺힌 물방울에 부딪혀 반짝였다. 꼬리가 길어진 해가 봄이 어느새 성큼 와 있음을 깨닫게 했다. 생각에 잠겨 있던 김희정 씨는 진료실 문이 열리는 소리에 놀라 퍼뜩 정신을 차렸다.

"진단서 하나 받으러 온 건데 뭐 이리 번거롭게 하는지 모르겠네."

혼잣말이라고 하기에는 큰 목소리였다. 베이지색 코트 차림의 여자는 중학교 1~2학년쯤 되어 보이는 단발머리 여자 아이의 손을 꼭 잡고 있었다.

"우리 애가 원래 감기에 걸리면 목이 부으면서 바로 열이 나요. 이번에도 증상이 똑같은데 여기 원장님이 아이들 진료는 잘 못 보시나 봐. 묻는 것도 많고 진찰도 너무 오래 걸리고."

김희정 씨는 순간 목구멍 안쪽이 화끈해지는 것을 느꼈다. 그녀는 숨을 크게 들이쉰 뒤 최대한 차분하게 대꾸했다.

"원장님이 원래 진찰을 꼼꼼하게 하시는 편이에요. 아이들이 열나는 이유는 어른들보다 훨씬 다양하답니다. 감기일 수도 있지만 다른 병 때문일 수도 있으니까요."

"아이 학원 수업 시간 때문에 진단서 받아서 빨리 가야 한다고 사정을 이야기했는데 바쁜 사람 생각도 해줘야죠."

그녀는 고급스러워 보이는 주황색 토트백에서 신경질적인 손길로 지갑을 꺼냈다. 잘 손질되어 윤기 나는 손톱이 눈에 띄었다. 언뜻 보면 삼십 대 중반이라 해도 될 정도의 외모였지만 공들인 화장 아래로 보일 듯 말 듯 비치는 기미와 입가의 주름에 가늘게 긴 파운데이션이 그녀의 실제 나이를 짐작하게 해주었다. 처방전과 진단서가 출력되는 동안 김희정 씨는 아이의 얼굴을 살폈다. 아이는 왼손으로 엄마의 코트 자락을 조심스럽게 붙들고 있었다. 동그란 안경 아래 안색은 혈관이 비칠 정도로 파리했는데 양쪽 볼만 발갛게 달아올라 보였다. 땀에 젖은 머리카락 몇 가닥이 이마에 달라붙어 있었다.

"경시대회가 다음 주인데 벌써 사흘이나 빠져서 오늘은 꼭 수업을 들어야 해. 진단서는 엄마가 선생님께 드릴 테니까 괜찮을 거야. 수업 들을 수 있겠지?"

아이의 의향을 확인하기보다는 스스로에게 다짐하는 듯한 말투였지만 그녀의 말투에는 확신이 부족했다. 불안한 표정의 엄마를 바라보며 잠시 망설이던 아이는 조심스럽게 고개를 끄덕였다. 김희정 씨는 아이가 엄마의 손에 이끌려 나가는 것을 물끄러미 바라보았다. 출입문이 닫히며 문에 달린 부엉이 모양 종이 딸랑거리는 소리를 냈다. 주물로 만들어진 종은 지난 겨울에 그녀가 남대문의 인테리어 가게에서 구입해 직접 달아둔 것이었다. 두 사람이 나가는 것을 확인한 뒤 그녀는 진료실로 향했다. 진료실 문을 열자 경첩이 다시 한번 익숙한 마찰음을 냈다.

"내일은 꼭 길 건너 철물점 사장님께 손봐달라고 해야겠어요. 아님 기름칠이라도 하던지."

의사는 뒤돌아서서 창밖을 바라보고 있었다. 무슨 생각을 하는지 그녀가 들어온 것도 모르는 눈치였다. 그녀는 손을 들어 이미 열린 진료실 문을 노크하듯 두 번 두드렸다. 그가 천천히 고개를 돌렸다.

"뭐라고 했나요?"

"별거 아니에요. 그런데 무슨 생각을 그렇게 하고 계세요?"

"미안해요. 아이는 갔나요?"

"네, 조금 전에요. 학원 수업에 간다고 하던데, 열이 더 심해질까 걱정되네요."

그는 가운의 단추를 만지작거렸다. 낡은 가운 앞섶의 단추는 곧 떨어질 듯 위태롭게 달랑거렸다. 개원을 하면서 새로 주문한 가운이 두 벌 더 있었지만 그는 십 년도 더 되었음직한 낡은 가운을 아직까지도 종종 입었다. 그녀의 시선을 따라 단추를 확인한 그가 멋쩍게 웃었다.

"세탁소에 보내야겠군요."

"계속 입으실 거면 표백도 해야 할 것 같은데요."

"언젠가 희정 씨가 물었죠? 왜 이 낡은 가운을 버리지 않느냐고."

그녀가 고개를 끄덕였다.

"의사로서 가장 만족스러운 시기는 전문의 자격을 딴 직후일 거예요. 빳빳하게 날이 선 새 가운처럼 자신감이 충만할 때죠. 그땐 어떤 환자를 만나든 문제없이 볼 수 있을 것 같은 생각이 들기 마련입니다. 하지만 그게 착각이었다는 걸 깨닫게 되는 시기는 금세 찾아와요. 저도 그걸 알기까지 오랜 시간이 걸리진 않았습니다."

그는 말을 멈추고 한동안 허공을 쳐다보았다. 떠오르는 기억을 어떻게 정리해 내뱉을지 몰라 망설이는 듯한 모습이었다.

"전문의가 된 뒤 한동안 지방의 어느 2차 병원에서 응급실 당직 의사로 일을 했어요. 지역 특성상 그곳 응급실엔 가벼운 자상 환자부터 농약을 마신 환자까지 다양한 환자들로 넘쳐났죠. 그런데 그날은 이상하게 환자가 많지 않았어요. 봄날의 일요일 오후였고, 병원 바깥의 날씨는 너무나 좋았습니다. 여느 때와 달리 비어 있는 간이침대들을 보며 항상 오늘만 같았으면 좋겠다고, 소풍 가기 딱 좋은 날씨라고 간호사들과 나눴던 이야기가 생각나네요."

함께 일한 지 오래였지만 처음 듣는 이야기였다. 김희정 씨는 앞으로 만날 세상이 자기편임을 의심하지 않았을 그때의 그를 상상했다. 지금이 아닌 그때 그를 만났다면 어떻게 되었을까.

"그날 오후 늦게 여자아이 하나가 아빠 손을 잡고 응급실에 왔어요. 할아버지 집에 놀러 왔다가 열이 나고 구토를 해서 데려왔다고 하더군요. 동그란 안경에 단발머리, 분홍색 꽃무늬 셔츠와 레이스가 달린 하늘색 치마가 지금도 또렷하게 기억나요. 아이는 열과 약간의 복부 압통이 있긴 했지만 상태가 위중해보이진 않았지요. 장염일 가능성을 우선 생각했고 탈수가 심해 하루 정도 지켜보는 게 좋을 것 같아 수액을 처방한 뒤 입원을 시켰어요. 뭔가 잘못되어가고 있다는 걸 느낀 건 병실에 올라가 아이의 상태를 확인했을 때였지요. 탈수가 해결되고 열이 내리면 아이 컨디션이 나아질 거라 생각했는데 아이는 계속 잠만 자려 했어요. 혈액검사 결과를 보니 간 기능과 신장 기능 수치가 치솟아 있었지요."

담담한 말투였지만 그의 표정은 어두워져 있었다. 굳어버린 그의 얼굴이 그날의 상황을 말해주는 듯했다.

"검사 결과를 보고 바로 대학병원으로 옮겨야겠다고 생각했어요. 그때 병실에서 아이 아빠가 뛰쳐나왔습니다. 가보니 침대 시트가 새빨갛게 물들어 있었어요. 아이가 혈변을 보기 시작한 겁니다. 아이의 의식은 더 떨어진 상태였어요. 아빠에게 검사 결과를 설명하고 병실을 나오는데 아이가 온몸을 떨며 경련을 하기 시작했습니다. 그 시점엔 아이 아빠도 저도 패닉 상태였어요. 이후로 시간이 어떻게 지났는지 잘 기억이 안납니다. 정신없이 아이를 앰뷸런스에 실어 보내고 나니 새벽이었고, 오래지 않아 동이 텄다는 것만 기억나요."

말라붙은 입술을 비집고 나오는 목소리가 가늘게 떨렸다.

그는 잠시 숨을 고른 뒤 이야기를 이어나갔다.

"나중에 알게 된 병명은 전격성 간염이었습니다. 아이는 바로 대학병원 중환자실에 입원했어요. 뇌부종이 손을 쓸 수 없을 정도로 심해진 상태였습니다. 그 이후로 난 매일 아침 전화를 걸어 아이가 살아있는지 확인했지요. 아이는 하루하루 힘겨운 싸움을 하고 있었고, 난 그때 응급실에 있던 의사가 내가 아니었다면 아이의 상태가 그렇게 나빠지지 않았을지도 모른다는 죄책감에 시달렸습니다. 아이가 입원한 병원에서는 병세가 너무나 급격하게 진행되어서 바로 왔다고 해도 결과가 다르지 않았을 거라 했지만 위안이 되진 않았어요. 거의 매일 악몽을 꾸었지요. 잠을 자기 위해 술을 마시기 시작한 것도 그때부터였습니다. 그때부터 시작된, 환자에게 문제가 생길 때면 폭음을 하는 버릇은 언젠가부터 일상이 되었죠. 그 뒤의 이야기는 희정 씨도 짐작하는 대로입니다. 매일 술을 퍼먹는 자존감 바닥인 인간을 견뎌줄 사람은 없으니까요."

"아이는 어떻게 되었나요?"

"모릅니다. 언젠가부터 아이의 상태를 확인하는 것이 무서워졌거든요. 그 뒤로 아이들 진료를 할 때면 강박적으로 진찰하는 버릇이 생겼어요. 조금 전에 아이를 진료하면서 그때 기억이 떠올랐습니다."

그는 고개를 숙인 채 다시 가운 앞섶을 만졌다. 주머니 아래쪽에 잉크 자국과 함께 엷은 갈색 얼룩이 묻어 있었다.

"이 가운, 그날 입었던 거예요. 그날의 기억을 잊고 싶었던 적도 많았지만 이 가운은 버릴 수가 없네요. 이 가운을 입고 있을 때는 더 열심히 진료를 하게 되요. 일종의 자기 암시 같은 건지…."

진료실에 한동안 침묵이 흘렀다. 바깥은 어느새 어둑해져 있었다.

"희정 씨에게 말씀 드릴 게 있어요. 제가 당분간 한국을 떠나 있을 것 같습니다."

"어디로 가실지 여쭤봐도 될까요?"

"아프리카 남수단에 가게 되었어요. 국경 없는 의사회 일을 시작했는데 생각보다 빨리 파견 일정이 나왔네요. 이 주 뒤 출발입니다."

그는 대답을 하며 긴장한 표정으로 김희정 씨의 반응을 살폈다. 갑작스러운 소식이었음에도 그녀는 생각보다 담담해 보였다.

"좀 더 일찍 알리지 못해 미안해요."

"그럴지도 모르겠다고 짐작했어요. 얼마 전에 진료실 물품을 정리하다 우연히 책상 위에 놓인 서류를 봤거든요."

"오래전부터 생각하던 일이에요. 반딧불 의원을 개원하기 전부터. 지금이 그 시기인 것 같네요. 답을 찾아야 할 문제도 있고."

"언제 돌아오실 건가요?"

"이번 파견은 삼 개월 예정이지만 더 길어질지도 모르겠습니다. 제가 없는 동안 후배가 진료를 맡아주기로 했어요. 병원을 닫진 않을 겁니다. 희정 씨만 괜찮다면 계속 남아줬으면 해요. 후배도 익숙해지는 데 도움이 필요할 거고, 우리 환자들 중엔 나보다 희정 씨를 보러 오는 팬이 훨씬 많잖아요."

농담처럼 이야기했지만 그도 김희정 씨도 웃지 않았다. 그는 아랫입술을 자근자근 깨물다 말고 조심스럽게 말을 이었다.

"무엇보다도 돌아왔을 때 희정 씨가 이곳에 있었으면 좋겠어요."

그녀가 천천히 고개를 끄덕였다. 그가 미소를 지었다. 긴장이 조금은 풀린 듯 진료실을 훑던 그의 시선이 구석에 선 인체 모형에 멈췄다.

"제가 없는 동안 시바 군도 잘 부탁해요. 이 녀석 표정이 오늘따라 슬퍼 보이는데."

김희정 씨도 이번엔 웃을 수밖에 없었다.

"그리워질 겁니다."

그의 목소리가 순간 갈라졌다. 어색한 말투였다. 시선은 여전히 인체 모형에 고정한 채였다. 한동안 침묵이 흘렀다.

"이곳에 처음 왔을 땐 모든 것을 잃어버린 상태였어요. 그땐 이곳은 내가 있을 자리가 아니라고, 그리고 원래 자리로는 돌아가지 못할 거라고 생각했지요. 지금은 여기 진료실 의자에 앉아 있을 때가 가장 편안해요."

그가 의자 등받이 가죽을 쓸어내렸다.

"떠나더라도 돌아올 곳이 있다는 거, 좋네요. 오랫동안 잊고 있었거든요."

진료실 밖에서 부엉이 종이 딸랑거리는 소리가 들렸다. 두 사람이 마주보고 미소를 지었다.

저자의 말

글을 연재하는 동안 반딧불 의원에 한번쯤 가보고 싶다는 분들을 만났습니다. 사실 반딧불 의원은 멀리 있지 않습니다. 동네 어귀에서, 아파트 상가에서, 번잡스러운 시장통 건물에서 오랫동안 묵묵히 이웃의 건강을 돌봐온 평범한 의사 선생님들이 많습니다. 매일은 아니지만 일주일에 하루 이틀쯤 야간 진료를 하거나 휴일 진료를 하는 의원도 주변에서 흔히 볼 수 있습니다. 사실 우리가 앓는 질병 열 중 아홉은 동네 의원에서 충분히 치료받을 수 있는 질병입니다.

다수의 의료진, 최신 시설과 첨단 기기를 갖춘 대형 병원이 반드시 좋은 병원은 아닙니다. 작은 의원부터 대학병원까지 각자의 역할이 적절히 나뉘고, 무엇보다 동네 의원이 자신의 역할을 충실히 할 수 있도록 해주는 것이 바람직한 의료 환경의 조건이라는 것은 잘 알려진 사실입니다. 그럼에도 병상을 수백 개 가진 대형 병원은 환자가 넘쳐나고 동네 의원이 제 역할을 하는 것은 더 어려워져만 갑니다. 저는 대학병원에서 근무하는 의사이지만, 이런 현실이라면 반딧불 의원이 점점 더 만나기 어려운 공간이 되어갈 것 같아 걱정이 됩니다.

반딧불 의원을 찾은 환자들의 이야기에는 진료실에서의 제 경험이 담겨 있습니다. 그들은 실제 만났던 환자일 수도 있고, 여러 환자의 사례가 섞여 있을 수도 있습니다. 그들의 이야기를 글로 풀어내는 것은 제게도 소중한 경험이었습니다. 의사의 시각보다는 환자의 입장에서 글을 쓰면서 그들이 어떤 생각으로 병원을 찾고 진료실에서 어떤 감정을 느낄지에 대해 좀 더 생각해보게 되었습니다. 환자들의 생각과 감정을 알기 위해서는 그들의 표정과 눈빛, 손짓과 말투를 이전보다 더 세심히 살펴보아야 했습니다. 그 가운데서 여전히 환자에 대한 이해가 부족했다는 것을 깨닫기도 했습니다. 까칠한 성격이지만 매번 은근하게 환자의 마음을 살피는 이수현 선생은 제게 모자란 것을 가진 부러운 존재인 셈입니다.

글을 쓰게 된 것은 독자들에게 보다 도움이 될 수 있는 정보를 주고 싶다는 바람 때문이기도 했습니다. 건강과 관련된 정보는 넘쳐납니다. 뉴스나 잡지의 한두 꼭지 정도는 항상 건강에 도움이 될 만한 내용으로 채워지고, 티브이 채널을 돌리면 언제든 몸에 좋은 음식이나 건강관리 방법을 만날 수 있습니다. 좀 더 적극적으로 찾는다면 컴퓨터 앞에서 몇 분 만에 최신 당뇨병 치료 지침을 확인할 수도 있습니다. 하지만 정보의 비대칭성은 여전히 존재하고, 체계적인 지식이 부족한 환자 입장에서 막상 자신에게 도움이 되는 정보를 찾기란 생각보다 쉽지 않습니다. 이러한 풍요 속의 빈곤은 공급자 중심의 정형화된 정보 위주인 것에 책임이 있겠지만, 서사의 부재 역시 이유가 될 것이라 봅니다. 제 자신, 또는 아는 사람을 통해 경험한 질병은 오래도록 기억에 남기 마련입니다. 이 책에서 환자의 이야기를 통해 질병에 대한 이해를 넓혀보고자 했던 것은 그런 이유 때문이기도 합니다.

반딧불 의원의 이야기를 기록해온 지난 일 년여 동안 도움을 주셨던 분들을 생각합니다. 생각의힘 김병준 대표님과 유승재 과장님, 그리고 알마 김진형 편집주간님의 도움과 격려가 없었다면 모자란 글이 책으로 엮이는 일은 없었을 것입니다. 글을 세상에 내보낼 수 있는 자리를 허락해주신 채널예스

엄지혜 기자님께도 감사드립니다. 무엇보다 휴일에도 원고를 쓰는 아빠 때문에 서운함을 느꼈을 두 아이들, 그리고 항상 원고의 첫 번째 독자가 되어준 아내 지령에게 미안함과 깊은 고마움을 전합니다.

2018년 초여름에

오승원

오늘도 괜찮지 않은 당신을 위한

반딧불 의원

1판 1쇄 펴냄 | 2018년 7월 12일
1판 2쇄 펴냄 | 2019년 10월 25일

지은이 | 오승원
발행인 | 김병준
편   집 | 유승재
일러스트 | 반지수
디자인 | 김은영 · 이순연
발행처 | 생각의힘

등록 | 2011. 10. 27. 제406-2011-000127호
주소 | 서울시 마포구 양화로7안길 10, 2층
전화 | 02-6925-4183(편집), 02-6925-4188(영업)
팩스 | 02-6925-4182
전자우편 | tpbook1@tpbook.co.kr
홈페이지 | www.tpbook.co.kr

ISBN 979-11-85585-55-0 03810

이 도서의 국립중앙도서관 출판예정도서목록(CIP)은
서지정보유통지원시스템 홈페이지(http://seoji.nl.go.kr)와
국가자료종합목록시스템(http://kolis-net.nl.go.kr)에서
이용하실 수 있습니다.(CIP제어번호: CIP2018020344)